Jens Korbus

Die Fahrt ins Maifeld
Erzählung

Die Deutsche Nationalbibliothek verzeichnet diese Publikation in der Deutschen Nationalbibliothek; detaillierte bibliographische Daten sind im Internet über http://dnb.d-nb.de abrufbar.

Umwelthinweis:
Dieses Buch wurde auf chlorfrei gebleichtem Papier gedruckt.

© 2023 Jens Korbus
Herstellung und Verlag:
BoD – Books on Demand, Norderstedt
1. Auflage
Layout: Manuela Wirtz, www.manuwirtz.de
Coverbild: Manuela Wirtz mit DALL-E
Printed in Germany
ISBN 9783757859923

.

Jens Korbus

Die Fahrt ins Maifeld

Erzählung

Sure she was near drowned in pondest coldstreams of admiration forherself, as bad as my Tarpeyan cousin, Vesta Tully, making faces at her bachspilled likeness in the brook after and cooling herself in the element.

James Joyce, Finnegans Wake

KAPITEL 1

Die ältere Schwester meiner Mutter, Hidda, heiratete 1937 einen Wehrmachtssoldaten, der sofort nach der Hochzeit von Schlesien nach Bendorf am Rhein versetzt und dort zum Feldjäger ausgebildet wurde. – Meine Mutter durfte als einziges von fünf Mädchen studieren. Und da in Alt-Muhl am Rhein vom Regime gerade eine neue Hochschule für Lehrerinnenbildung eröffnet worden war, nur ein paar Kilometer von Bendorf entfernt, wohnte meine Mutter während ihres Studiums bei ihrer Schwester Hidda, fuhr mit der Straßenbahn nach Ehrenbreitstein, setzte mit der Fähre über den Rhein und lief auf das Alt-Muhler Oberwerth, wo sich die Hochschule befand. Ein Lehrerstudium dauerte damals vier Semester, und meine Mutter machte ihr Staatsexamen als Jahrgangsbeste. Die nahe Beziehung zu ihrer Schwester Hidda hatte ihr über manche Nervenkrise hinweggeholfen. Sie hatten die Abende für sich, denn Hiddas Mann war so gut wie nie zu Hause. – Meine Mutter ging wieder nach Schlesien, musste gleich drei Schulen auf einmal betreuen, heiratete Wilhelm Behring und kam durch die Flucht zurück an den einzigen Ort im Rheinland, den sie kannte: Alt-Muhl!

Sie hatte in Schlesien zwei Kinder bekommen, mich, Hans Behring, und meine Schwester Leandra. – So viele Menschen jetzt in Hiddas Wohnung. Eine jüngere

Schwester meiner Mutter suchte sich „wegen der Kinder" ein möbliertes Zimmer.

Nach drei Jahren russischer Gefangenschaft stieß auch mein Vater zu der Familie und bekam in Vallendar, nicht weit von Alt-Muhl entfernt, eine Stelle als Bürochef des Sanitätshauses Blumenbach. Hidda war 1940 in dieses Sanitätshaus dienstverpflichtet worden und heiratete nach dem Krieg ihren Chef. – Ihr erster Mann hatte sich als einer der letzten in den Kessel von Stalingrad fliegen lassen und fiel dort an einem der letzten Tage.

Ich war als Kind und Junge mehr im Haus der Blumenbachs in Vallendar als in unserer Wohnung in Alt-Muhl.

Im Sommer aßen wir dort jedes Wochenende auf der großen Dachterrasse. Paul Blumenbach, den ich Onkel nannte, kochte selbst, aber ohne Soße, was ich immer als Verlust empfand. Die Dachterrasse war sehr weitläufig, und man musste durch Blumenbachs Werkstatt, um hinaufzukommen. – Blumenbachs wohnten Auf dem Gilgenborn, einer der schönsten Straßen Vallendars, die sich, ein bisschen höher, in einen blumengewachsenen Feldweg verwandelte. Das Haus, in dem sich im Erdgeschoss die Büros, darüber die Wohnräume und ein bisschen höher, im ausgebauten Dachstock, die weitläufige Werkstatt befand. Ab und zu durfte ich mir dort selbst einen kleinen Ventilator, manchmal auch etwas anderes, bauen. – Der Dachgarten hatte einige Ruheplätze, eine Essnische und viele symmetrische Blumenbeete. Ab und zu auch ein paar Gartenzwerge. – Auf der gegenüberliegenden Straßenseite stand eine große Halle, wo im oberen Stock veraltete chirurgische Instrumente lagerten. Zu ebener Erde befanden sich die Auslieferungsfahrzeuge.

Hier lernte ich, wie man einen VW-Bus um die vielen Ecken fuhr. Paul machte es vor. – Mit dem Gilgenborn verbinde ich nur Kühle, Schatten, die hellen Büros im Erdgeschoss und auch etwas Abstand von meiner strengen Mutter. – Meine Mutter mochte Hidda, die während ihres ganzen Studiums so hinter ihr gestanden hatte. Als Paul Blumenbach starb, zog Hidda in eine große Eigentumswohnung in einem neuen Hochhaus in Vallendar. Ihr Prokurist, der ihren Mann sehr gern mochte, hatte alles arrangiert. – Hidda richtete ihre neue Wohnung mit schönen, nachgebauten Stilmöbeln ein und ersetzte, fast fünfundzwanzig Jahre lang, ihren beiden Schwestern die Mutter. Sie nannte die beiden noch mit über achtzig Jahren „die Mädchen". Sie kochte jeden Sonntag für alle, manchmal auch für mich. – Oft schob sie die Ente oder den Braten schon morgens um sechs Uhr in die Röhre, damit „etwas Vernünftiges" auf dem Tisch stand. Bekam davon dicke, blaue Krampfadern an den Beinen. Sie wurde 92 Jahre alt. Ich machte in Alt-Muhl Abitur, bewältigte mein Studium und erzähle im nächsten Kapitel, wie es weiterging.

KAPITEL 2

Vor noch nicht allzu langer Zeit gehörte es zum guten Ton, den Glauben an die ‚Liebe auf den ersten Blick‘ für eine Lächerlichkeit zu halten, doch alle Leute, die denken und tief empfinden können, sind stets von seiner Wahrheit überzeugt gewesen, schrieb Edgar Allan Poe.

Ich hatte es mir selbst zuzuschreiben. Ich hatte in der Wohnung meiner Eltern bis zehn Uhr abends an meiner zweiten Staatsarbeit gearbeitet. Dann fuhr ich ins Zentrum von Alt-Muhl. In der Altstadt stand ein großer Tanzschuppen. Ich ging in den rot beleuchteten Saal und sah zwei ziemlich junge Frauen, bestimmt aus dem Hunsrück, an einem der kleinen runden Tischchen sitzen. Die Brünette interessierte mich nicht, aber die Rotblonde in einer weißen Spitzenbluse war so apart, dass sie bestimmt schon ein paar Mal auf der Straße angesprochen worden war. Wir tanzten, es war schon spät, und die beiden wollten nach Hause. Ich sagte zu der Rotblonden, ich würde sie gerne fahren, die andere nahm ein Taxi. Die junge Frau hatte nichts dagegen, sie wohnte irgendwo im vorderen Westerwald. Als ich mit meinem weißen Stufenheck-VW vor ihrem Elternhaus parkte, ließ sie sehr viel zu. Für den nächsten Tag verabredeten wir uns in Alt-Muhl zum Kaffeetrinken. Ich hatte, außer meinem Elternhaus, in der Nähe des Bahnhofs noch ein Appartement, um in Ruhe arbeiten zu können.

Als wir uns am nächsten Tag vor dem Stadtcafé trafen, sah ich erst, wie hübsch sie war und wie toll sie angezogen war. Sie trug trotz des Sommers und der weißen Seidenbluse leichte Wollstrümpfe, die bis übers Knie gingen. Wir tranken Kaffee und fuhren dann in mein Appartement. Gleich hinterher fragte sie mich, ob das meine Art sei, Liebe auszudrücken. Ich war in meinem Studium mit Maria zusammen gewesen und hatte gedacht, das ließe sich nicht toppen.

Da ging ein so junges Ding mit seiner Freundin ins Casino, um zu tanzen und jemanden kennenzulernen. Sie gefiel mir: ihr Gesicht und ihr Körper! Sie war mehr als Durchschnitt, weil sie apart aussah und gut angezogen war und meinen Heißhunger gestillt hatte. Sie sagte aber sofort frei heraus, dass sie sich mit mir nicht mehr treffen wolle, weil das nicht ihre Art von Liebe sei. Ich war froh, dass ich in der Nacht vorher auf der alten Olympia meiner Tante Hidda noch zehn Seiten für meine Staatsarbeit getippt hatte. Ich hatte mich zwischen dem Schreibtisch meiner Mutter und einem kleinen Kacheltisch, auf dem die Olympia stand, hin und hergedreht, während ich schrieb. Man sagt, Fleischeslust mache einen Mann alt, erhalte eine Frau aber jung. So war dies in unserem Fall auch.

Zwei Tage später war diese junge Frau tot. Sie hatte ihren Eltern noch am selben Tag von unserem Zusammensein erzählt. Es gab nicht so viel alte weiße VW 1500 mit Stufenheck. Ich hatte auch nichts zu verbergen, und so war man ziemlich schnell auf meine Person und meine Adresse gekommen. Eine Frau ist nur einmal ein junges Mädchen, und so tat es mir um die junge, rotblonde Frau leid. Irgendjemand hatte versucht, sich ihrer zu bemächtigen.

Das alles war hinter meinem Rücken geschehen, und die Kripo hatte keine Lust, den Fall an die große Glocke zu hängen. Vielleicht war es ein Bekannter, der ihr den tollen Nachmittag mit mir nicht gegönnt hatte. Ich wusste nicht, was mich außer ihrer Hübschheit angezogen hatte. Irgendetwas hatte sie gehabt. Ihr Selbstbewusstsein, als sie sich nicht mehr mit mir treffen wollte. Dabei hatte ich mir wirklich Mühe gegeben. – Ich schrieb meine Staatsarbeit über Goethes Freundin Bäbe Schultheß in der Schweiz. Einer hatte im Seminar zu mir gesagt: Der Behring darf doch mit Goethe allein nicht durchkommen.

Ein anderer, Tilmann Klein, der später Mittelhochdeutsch-Professor wurde, sagte: Du kennst die Romane von Raymond Chandler nicht, nicht das Terence-Fisher-Grün in seinen Draculafilmen? – Ich fühlte mich, als sei ich soeben auf die Welt gekommen. Was wusste ich denn? – Ich ging sofort zum Bücherkarren am Kaiserplatz und nahm mir ein paar Chandler-Bände mit. Ich war so borniert, dass ich sie erst ein halbes Jahr später las. Aber danach wusste ich, was ich gelesen hatte.

Ich hatte damals mit Chloe vor meinen großen Flurspiegel gestanden und fotografierte uns mit meiner Leica 3F, mein Arm um ihren Hals geschlungen und die Kamera auf ihre Schulter gestützt. Mein Mund an ihre langen Haare gedrückt, dass man hätte glauben können, ich wolle sie verschlingen. Sie schaute, klar und cool, die langen Haare wie mit Gewalt aus der Stirn geräumt. Ich trug auf dem Bild am linken Handgelenk eine Rolex-Imitation. – Hatte ihr erzählt, dass die Uhr echt sei. Sie trug diese teure weiße Spitzenbluse, die unser verschränktes Selbstporträt hob. Das gelbliche Licht meiner Flurlampe erzeugte Vampiratmosphäre. Im Nachmittagsfernsehen lief Wencke Myhre, ganz jung und voll mit Aufputschmitteln. In einem dünnen lila Rock, und einem tiefen, roten Top! Heino hatte wegen seiner Quellaugen eine Sonnenbrille verpasst bekommen. – Michael Holm: Tränen lügen nicht! Er war zu dünn und trug einen zu langen blauen Blazer!

Die junge Frau hatte mir in den drei Stunden, in denen wir zusammen waren, ein bisschen aus ihrem Leben erzählt. Sie war auf dem Asterstein geboren, hatte eine Lehre gemacht, diese aber abgebrochen. Man hatte ihr Renitenz vorgeworfen. Sie kam ins Mädchenheim Maria Trost, aber die Nonnen dort waren ihr ein Graus. Kurze Zeit später wohnte sie in einer Landkommune in Urbar. Die jungen Leute dort lebten davon, dass sie Autos für ein Zehntel des Werkstattpreises reparierten. Zeitweise hatten Ärzte und Erzieher versucht, die junge Frau als behindert darzustellen, was sie bestimmt nicht war.

Verzerrte Wahrnehmung? – Es gibt keine unverzerrte Wahrnehmung! – Eine junge Frau, sehnsüchtig und leer! – Nicht ganz! – Sie hatte mir erzählt, dass sie Medikamente nahm, die leicht zu bekommen waren und an die sie sich ein bisschen gewöhnt hatte. Ich hatte nichts davon bemerkt. Die zweitägige Beziehung war den Fluss von Liebe, Undauer und Treulosigkeit heruntergeschwommen. Über einen Konflikt mit ihrem Vater hatte sie kurz gesprochen.

Die beiden Alt-Muhler Kripobeamten, Anselm und Müller, gingen den Sachverhalt durch. Chloe war jung, jemand hatte versucht, sich ihrer bemächtigen. Das konnte nur ein Idiot gewesen sein. Mehr als das Wenige, was sie mir erzählt hatte, hatten die beiden Kommissare nicht herausfinden können. Hatte sich denn niemand um diese hübsche, willige Frau gekümmert? – Man würde bestimmt auf mich kommen, und ich musste wenigstens für ein paar Tage oder Wochen von hier verschwinden. – Ein großer, weißer VW 1500 mit Diagonalreifen ist kein Käfer, er fällt überall auf.

Ich packte ein paar Kleider, Lebensmittel und eine Zahnbürste ein und suchte den Weg nach Süden, nicht über die Autobahn. Langsam veränderte sich die Landschaft, je länger ich fuhr. Die kleinen Städtchen, Steinhaufen mit Schindeldächern und ruhige Menschen überall.

Niemand hatte sich mit der glaubensstarken, pietistischen Bäbe Schultheß wirklich beschäftigt. Auf dem Ölbild von Wilhelm Tischbein sah man, dass sie alles andere als unbedeutend war. Ihre rechte Kopf- und Stirnseite ist in die rechte Hand gestützt, der Ellbogen ruht auf einem dicken Buch, möglicherweise die Bibel. Ihr längliches Gesicht liegt auf ihrer rechten Handfläche, die Augen zur Seite ins Dunkle gerichtet, die Nase fein und gebogen, die Lippen ein wenig schmal. Um den Hals trägt sie ein dünnes Seidenschalgebinde, das vor der Brust von einer gelben Rose zusammengehalten wird. Dieses Gebilde verhüllt auch ihren Busen. Das Bild macht einen meditativen, schwermütigen Eindruck. Eine Frau, die in den Geist der Bibel versenkt war und sich von niemandem davon abbringen lassen würde. Goethe mochte solche Frauen. Unter der Bibel, auf die sich ihr Arm stützt, liegt ein dickes Notizheft, in das sie wohl ihre Meditationen eingetragen haben wird.

Im Juni 1775 hatte Goethe sie in Lavaters Kreis kennengelernt. Noch keine dreißig Jahre alt, Gattin des Kaufmanns David Schultheß im Schönenhof. Niemand wusste, dass es Bäbes zweite Ehe war. Lavater hatte sie in erster Ehe mit seinem besten Freund Felix Heß vermählt, einem Tuberkulosekranken im Endstadium. Lavater sagte über Bäbe: Frau Schultheß ist kurz und gut, eine – Männin. Sie spricht fast nichts und fühlt nur ohne Wortgepräge. Sie ist nicht schön und nicht feingebildet. Nur stark und fest, ohne Grobheit. Sie ist streng und stolz – unausgebreitet, eine treffliche Frau, eine herrliche Mutter. Ihr Schweigen ist belehrende Kritik. Sie ist mir Warnerin und Stab ... Sie ist mir nur durch Schweigen nützlich; sie empfängt nur und gibt mir nicht – aus wahrer Dehmuth und – wahrem Stolz.

Gothes erste Beichtmutter war Bäbe Schultheß, seine zweite Charlotte von Stein. Nach dem Bruch mit Charlotte dann in Rom Angelika Kauffmann. – Ich habe mich immer gefragt, warum über Bäbes erste, nur vier Monate dauernde Ehe mit einem Todkranken in der Literatur kein Wort verloren wird. Es ist eine Geschichte hinter den Kulissen. Nach dem Tod von Heß musste Lavater versucht haben, Jenseitskontakt mit Heß aufzunehmen.

Bäbe Schultheß vertrat als Beichtigerin wohl auch Goethes früh verstorbene Schwester Cornelia. Der Schweigsamen hat sich Goethe in jenen Jahren willig anvertraut.

Die Schweizerreise war für Goethe die Fahrt in ein weltbürgerlich offenes Land. Goethe badete mit seinen beiden Freunden, den Brüdern Stollberg, die mitgereist waren, nackt in der Limmert und erregte zum ersten Mal öffentliches Ärgernis. In Zürich traf er Lavater: Lavaters Geist war durchaus imposant; in seiner Nähe konnte man sich einer entscheidenden Einwirkung nicht erwehren. Aber Goethe hatte keine Lust, das Christentum buchstabengetreu aufzufassen. Goethe wohnte bei den damaligen Literaturberühmtheiten, aber auch bei Bäbe Schultheß. Es musste schon eine sehr intime Beziehung gewesen sein. Aber zwischen ihren persönlichen Begegnungen lagen oft neun Jahre. Bäbe hat ihren umfangreichen Briefwechsel mit Goethe vollständig vernichtet.

KAPITEL 3

In Mühlhausen machte ich die erste Rast. Ich fragte mich, warum ich mich überhaupt auf diese Fahrt eingelassen hatte. Vielleicht würde es mit Chloes Schwester zu etwas kommen. Es sollte ja nicht die Frau fürs Leben sein. In meinem Hotel brauchte ich nicht einmal den Ausweis vorzuzeigen. Ich hielt mich nicht für besonders forsch, ich war ein Geistmensch, aber in der Not wächst der Mensch auch über sich hinaus. Es gab ein Büfett-Abendessen, und ich stopfte mich mit Rührei und Schinken voll.

Chloe war keine richtige Blondine gewesen, eher eine Rotblonde, anämisch und ihr Körper schmal und schön. Wenn sie Südfrankreich gekannt hätte, hätte sie sich einen dieser Millionäre geangelt, die in St. Tropez mit ihren Riesenjachten vor Anker lagen und sich nach Frischfleisch umsahen. Vielleicht hätte sie einen von ihnen gezähmt, nach allem, was ich mit ihr erlebt hatte. In der Neuen Züricher, die die Sache aufgriff, las ich, sie habe eine kleine Behinderung gehabt. Davon hatte ich nichts bemerkt. Im Gegenteil. Ich konnte mir überhaupt nicht vorstellen, dass solch ein Mädchen eine Behinderung hatte. Sie hatte beim Gehen immer ziemlich mit dem Hintern gewippt. Vielleicht war das die Ursache dafür, dass man ihr nachstellte. Eine Halbjungfrau war sie auf keinen Fall. In der Minibar gab es kleine Bierfläschchen, und ich köpfte zwei. Chloes Augen hatten die Farbe brauner Stiefmütterchen gehabt. Es war keine Schickimicki-Kluft, die sie angehabt hatte, aber er hatte mir gefallen, weil sie einen so ausgesuchten, auch etwas proletarischen Geschmack hatte. Warum hatte sie überhaupt an diesem Nachmittag von Liebe gesprochen? Es war doch alles viel zu kurz gewesen. Wir sprachen ein bisschen über Politik. Dazu hat man zwei Ohren, sagte sie, rechts rein, links raus.

Chloe hatte ganz beiläufig erzählt, dass sie in Zürich eine Schwester habe. Ich würde versuchen, sie zu erreichen. Vielleicht konnte sie mir Basics und Hintergründe des Seelenlebens ihrer Schwester erklären. – Wenn sie mich überhaupt hereinließ. Ich wandte mich wieder meinem Laptop zu und versuchte herauszukriegen, was das Band zwischen Goethe und der Züricherin Bäbe Schultheß so fest geknüpft hatte und warum Goethe diese Verbindung hatte fallen lassen.

Goethe hatte Bäbe aus Stäfa, der Vaterstadt seines Vertrauten Meyer, geschrieben, dass kein Fensterchen unsere Brust wider unseren Willen durchsichtig macht. Bäbe hatte darauf geantwortet: Mit ist's aufs neue, es sollte zwischen uns weder Fensterchen noch Worte bedürfen, sich zu erkennen. Alle Zeitgenossen, die sie gekannt haben, bezeugen, dass sie sich in allen Lebenssituationen ohne Worte durchsetzte. Ihre Briefe hat sie leider fast alle vernichtet. Sie hatte Angst. Und wenn man ihr Aquarellbild von 1794 betrachtete, mit Rüschenhaube und im Profil, sah man ihre leicht gekrümmte Nase und ihre Augen, die manisch und wie hypnotisiert ins Weite starrten. Ihre Handschrift (die Briefe an ihre Tochter, die ebenfalls Bäbe hieß) hatte etwas Kindliches, Ungeübtes und

Gemaltes. Wenig Mittelstrich, starke Oberlängen und genauso starke Unterlängen.

Ich hatte in meinen Unterlagen gelesen, dass es damals in Zürich auch Teufelsaustreibungen gegeben hatte. Man hatte auch versucht, mit Verstorbenen in Kontakt zu treten.

Den jungen Frauen, denen man vorwarf, vom Teufel besessen zu sein, stellte man einen geschmückten Altar mit brennenden Kerzen aufs Bett. Die Priester klingelten und beteten vor der Tür. Dann betrat der Kurat das Haus, und alle, auch die Messdiener, knieten sich rund um das Bett nieder. Die „Kranke" empfing die Kommunion, und ich konnte mir vorstellen, wie alle anwesenden Männer Herzklopfen bekamen. Die junge Frau im Bett stellte sich auf den Kopf und lästerte bis Mitternacht. Die Beisitzer schienen das gewohnt zu sein und sprachen von den üblichen Anfällen.

Befragt, in welchem Zustand sich ihre Seele jetzt befinde, antwortete die junge Frau, dass sie über den ungestörten Gebrauch ihrer geistigen Fähigkeiten verfüge und dass es nur ihr Körper sei, der alles mit ihr mache. In den Unterlagen ist die Rede davon, dass manche der Exorzisten im Begriff waren, diesem Mädchen zu verfallen.

Später befragt, sagten die Exorzisten, dass sie bei den Mädchen keine Anzeichen einer überhitzten Fantasie bemerkt hätten. Es musste andere Mittel gegeben haben, mit denen die junge Frau auf die Geistlichen „gewirkt" hatte. – Mein Gott, die Schweiz und der mystische Lavaterismus! – Die Evangelischen waren auch versessen.

Über diesen merkwürdigen Vorstellungen schlief ich ein, ohne mich auszukleiden. Am nächsten Morgen ging die Fahrt weiter.

Zürich war immer noch eine Geldstadt. Dank der politischen Stabilität und Neutralität des Landes immer noch ein Finanzzentrum, und das merkte man auch. Alles war fast doppelt so teuer wie in Deutschland. Als ich an einem Bankautomaten Schweizer Franken abheben wollte, wurde das Geld zwar ausgezahlt, aber man rückte meine Karte ein paar Mal nicht wieder heraus, bis ich mit dem Fuß gegen den Automaten trat. Auf das Kunsthaus und andere Örtlichkeiten hatten ich keine Lust. Die Adresse von Chloes Schwester hatte ich herausbekommen. Sie wohnte in der Bahnhofstraße, nicht weit von dem berühmten Hotel Baur au Lac, wo Thomas Mann 1904 zusammen mit seiner Frau Katja seine Hochzeitsreise verbracht hatte.

Die junge Frau öffnete die Tür selber und blickte mich misstrauisch an. Sie kannte mich ja nicht. Ich bin aber immer vertrauenswürdig gewesen, und nach einer halben Stunde erzählte sie mehr. Sie studierte Jura im dritten Semester. Sie sagte, sie müsse einen Fall lösen, in dem ein Bauer auf freiem Feld Stroh verbrannt habe, dann die Feuerwehr gekommen sei und gelöscht habe und man sich jetzt darüber in einem Rechtsstreit befinde, wer die Kosten des Löscheinsatzes zu zahlen habe, der Bauer, der Besitzer des Feldes oder der Staat? Komplexe, schwierige Sache! Ich sagte ihr, wenn sie wolle, würde ich den Fall mit ihr durchgehen. Von Jura habe ich zwar keine Ahnung, aber ich könne genauso logisch denken wie Edgar Allan Poe. Ich erzählte ihr vom Tod ihrer Schwester. Sie wusste schon alles, verstand aber nicht, was jemanden zu einer solchen Tat hatte bewegen können.

Ich erzählte Silvia von meiner Staatsarbeit.

Die Polizei hat nach dir gefragt, sagte sie. Hast du mit dem Tod meiner Schwester was zu tun?

Mein Gott, antwortete ich.

Du sollst dich auf der Hauptwache melden.

Die Züricher Bahnhofstraße begann sich schon zu füllen, und ich ging einfach in eine dieser Wachen. Im Anmeldezimmer lehnte ein Polizist hinter seinem Schreibtisch. Auf seinem blauen Hemd prangte ein Metallschildchen. Darauf stand sein Name: Grün.

Ich sagte: Ich bin Behring. Was wollen Sie von mir?

Wir wollen Sie sprechen!

Bin ich als Zeuge oder Angeschuldigter hier? fragte ich.

Als Zeuge, sagte er. Wenn Sie nichts mit dem Mord zu tun haben, warum sind Sie dann hier? – Er hatte einen bronchitischen Unterton in seiner Stimme. Erzählen Sie uns die Geschichte von Anfang an.

Ich erzählte ihm so gut wie nichts.

Natürlich glaubte er mir nicht. Solche Leute glauben einem nie etwas. Da lohnt sich das Lügen.

Wenn Sie nicht reden wollen, können wir auch in den Keller gehen, sagte er. Ich hatte das Gefühl, er würde gleich über mich herfallen. Dazu hätte er aber noch mindestens einen oder zwei Männer zusätzlich gebraucht. Ich hatte in Alt-Muhl zwei Jahre bei Rotweiß unter Trainer Nomborn geboxt. Wenn wir sparrten oder gegen den Sandsack schlugen, stand Nomborn daneben, blickte auf die violetten Flecken auf Handrücken und Armen und sagte: Alles Kaposi! Er hatte mir gezeigt, wie man sich verteidigte und aus der Verteidigung heraus den Gegner KO schlug.

Grün sagte: Ich glaube Ihnen nichts. Sie waren doch mit ihr im Bett. Man erzählte sich von ihr.

Mir kam sie eigentlich ganz zahm vor, sagte ich.

Grün stand auf und streifte mit dem Handrücken mein Gesicht. Er sagte: Jeder Schweizer Staatsbürger hat der Polizei behilflich zu sein. Und mein deutscher Kollege hat mir am Telefon gesagt, dass es in Ihrem Land nicht anders ist.

Direkte oder indirekte Einschüchterungsprozedur, erwiderte ich. Juristisch existiert keine derartige Verpflichtung. Niemand braucht der Polizei irgendwann irgendwo etwas zu sagen.

Wissen Sie, wie wir auf Sie gekommen sind? sagte er. Wir haben einfach Ihre Handydaten abgegriffen. Über die junge Frau haben wir einiges erfahren. Sie wurde manchmal spätabends von ziemlich großen Wagen nach Hause gebracht. Sie sind mit Ihrem weißen Oldsmobile auch sind nicht gerade ein Platzhirsch.

Ich zog meinen kleinen Schreibblock heraus und machte mir ein paar Notizen.

Das wird Ihnen auch nichts nützen, sagte Grün, Sie müssen noch ein paar Rechtsbücher mehr lesen. Aber was Sie dadrin finden, ist auch nicht das Recht. Leider müssen wir Sie gehen lassen. Jetzt haben Sie die Schwester angebaggert. Jeden Tag kommt sowas vor. Freundliche junge Frauen vergiften ganze Familien. Manager mit tadelloser Vergangenheit unterschlagen das Geschäftsvermögen.

Haben Sie eine Frau?

Geht Sie nichts an, sagte ich.

In meinem Kopf wimmelte es. Sie würden irgendeinen Schupo an mich dranhängen. An mich und Silvia.

Freut mich, dass Sie die Vorschriften kennen, fuhr er fort. Aber wir werden ein kleines Auge auf Sie haben, Behring! Sie ist doch abends nicht rausgegangen, um Halma zu spielen. Machen Sie schon. Sie können gehen.

In diesem Augenblick kam ein anderer, fast haarloser Mann mit dickem Bauch und Hosenträgern ins Empfangszimmer.

Grün sagte zu mir: Das ist Fröhlich. Nomen est omen. – Wir sind fertig, sagte er zu Fröhlich.

Nicht ganz, sagte Fröhlich. Es gibt zwar keine DNA, aber seine Handydaten sind komisch.

Sie mussten schon allerhand über mich herausbekommen haben. Wenn nichts passierte, war ich den beiden ausgeliefert. Fröhlichs Augen waren rot wie zwei Kugeln Erdbeereis. Ich beschloss, heute Abend zusammen mit Silvia zum Schönenhof zu fahren, wo Bäbe Schultheß mit ihren Männern und ihren Kindern gelebt hatte. Ich schloss die Polizeitür hinter mir und war weg.

KAPITEL 4

Der Schönenhof war ein weitläufiges Anwesen mit ein paar Gebäuden und vielen Zimmern. Bäbe Schultheß hatte hier gewohnt, Goethe im gegenüberliegenden Haus, manchmal auch in Bäbes. Wir fuhren nach Rapperswyl, wo Goethe 1797 gewesen ist. Man hatte tatsächlich eine marmorne Gedenktafel anbringen lassen. Im Schönenhof hatte sich Goethe oft mit Bäbe und ihren Töchtern unterhalten. Goethe hatte das Leben dort im 13. Kapitel des dritten Buches von Wilhelm Meisters Wanderjahren wiedergegeben. Goethe schrieb über Bäbe: Dabei sah mich ein fremdes Gesicht mit so ganz bekannten erkennenden Augen an, dass ich mich ganz durchdrungen fühlte und mich kaum zu fassen wusste. Meine Knie, mein Verstand wollten mir versagen, als man sie [im Roman Susanne] glücklicherweise sehr eilig abrief. Ich konnte mich erholen, meinen Vorsatz stärken, so lange als möglich an mich zu halten; denn es schwebte mir vor, als wenn abermals ein unseliges Verhältnis mich bedrohe. – Goethe hatte den Werther durchgestanden, war der Heirat mit Lilli Schönemann entgangen, und nur Goethes tiefere Schichten bemerkten, mit wem er es in Zürich zu tun bekommen hatte.

Erst nach der Rückkehr aus Italien 1788, als sich Goethe mit Bäbe noch einmal eine Woche in einem Konstanzer Gasthof traf, wusste er, dass ihre Beziehung vorbei war, dass sie aber etwas zurückhielt, dass sie mit beunruhigenden Gedanken kämpfte, wie es ihr auch nicht ganz gelang, ihr Gesicht zu erheitern. – Das Rätsel um diese gute, eigenartige Frau wird wohl nie zu lösen sein. Goethe mochte ältere Frauen, die ihn anbeteten.

Alt-Muhl empfing mich mit Sonnenschein. Meine Eltern freuten sich, dass ich wieder da war und fragten, ob sie mit dem Staubsauger in meinem Appartement vorbeikommen sollten. Das Appartement war clean wie immer und das, was ich an Aufzeichnungen aus der Schweiz mitgebracht hatte, Gedanken und Lesefrüchte, würden mich meine Arbeit schnell zu Ende schreiben lassen.

Chloes Vater hatte auf dem Arenberg ein Haus nach einem französischen Vorbild. Das Haus war ein Fuchsbau. Manchmal musste man über lange Gänge zu einem anderen Zimmer gehen, so dass man gar nicht glauben konnte, das Haus sei so lang. Oder man stand plötzlich an vor irgendeiner Tür, die einem den Weg versperrte oder nicht zu öffnen war. Im Wohnzimmer war ein Tisch mit Kaffeeteilchen gedeckt, ohne Tischdecke. Die Teilchen waren von Demeter, den es damals noch gab. Mit der Zeit wurde alles, was einigermaßen gesund war, von Burgern, Red Bull und Cola beiseite geschoben.

Der Vater erzählte ein bisschen von Kindheit, Jugend und Aufwachsen von Chloe, und ihr arkadischer Name machte sie mir sofort wieder lebendig. Ich hörte dem Vater zu, der von ihrer Kindheit und von den vielen Berufen, die sie hinter sich gebracht hatte, erzählte. Ihr Satz von den zwei Ohren hatte mir besonders gut gefallen. Die drei Tage in Zürich kamen mir vor wie eine Mondlandung.

Wie stand Chloe zum Alkohol? fragte ich.

Sie trank so gut wie nichts. Weil sie so cool war, wollten alle mit ihr zusammen sein. Chloe vielleicht auch mit einigen. Hätten Sie nur die Finger von ihr gelassen.

Ich blieb ruhig. Ich hatte doch ein bisschen meiner Träume mit ihr geteilt und mochte sie. Nun war ich im Finsteren.

Mir war klar, dass es sich nur um eine Eifersuchtstat handeln konnte. Nach dem Gespräch mit ihrem Vater hatte ich das Gefühl, dass er sie sehr gemocht hatte. Ihr Vater hatte mir erzählt, dass sie mit einem jungen Ukrainer zusammen gewesen war, der an der Front gekämpft habe. Er sei verwundet worden, und man habe ihn hier im Zentralkrankenhaus gesundgepflegt. Die Soldaten hätten im Schützengraben gehockt, und die andere Seite habe sich auf sie eingeschossen. Eine Granate! Vielleicht ein Blindgänger. Der junge Mann wurde am rechten Bein verletzt.

Für Chloes Vater war der junge Mann ein Held. Es war seine Tochter gewesen, die ihn gesund gepflegt hatte. Jetzt verstand ich erst den Satz, den sie in meinem Appartement über die Liebe gesagt hatte. Der junge Mann war nach seiner Genesung verschwunden.

Finden Sie ihn, hatte Chloes Vater zu mir gesagt. Wenn er meine Tochter noch einmal in irgendwas hineinzieht, kratze ich ihm die Augen aus.

Ich schickte Silvia auf Whatsapp eine Nachricht. Sie schrieb zurück, dass sie in drei Tagen in Alt-Muhl sei, weil sie etwas zu erledigen habe. Ich rief Grün in der Schweiz an, der geglaubt hatte, er sei in seinem kleinen, feinen Büro der König der Welt. Er erzählte mir, dass der junge Mann, der sich Fred nannte, überhaupt keine militärische Vergangenheit habe. Er sei Deutscher, komme aus Düsseldorf, und sein Vater versuche, ihn wieder in seine Firma hineinzuziehen. In Düsseldorf hatte ich während meines Studiums auch einmal gelebt. – Frontkämpfer? Er behauptete, er sei einmal Leibwächter gewesen. – Soldat, Leibwächter, Juwelenhändler: eine gute Mischung. Wenn sie auch nur auf dem Papier stand.

Die Familie wohnte in einem weiträumigen Häuserkomplex, der von einem hohen Metallzaun umgeben war. Wenn man am Eingangstor Zahlen eingab, konnte man hinein. Der Vater hatte sie mir am Telefon gesagt. Ich war überrascht von Reichtum und Luxus. Bei unserem Gespräch im Wohnzimmer auf zwei großen de Sede-Sofas, die sich gegenüberstanden, erfuhr ich, dass sein Sohn Chloe sehr geliebt habe. Jetzt sei er mit Sandra zusammen, die er heiraten wolle.

Und Chloe?

Trinken Sie einen mit mir, sagte der Vater. Dann war ich entlassen. Was hatte er eigentlich von mir gewollt? Einen richtigen Hebelpunkt hatte ich nicht gefunden. Und über das Vorleben Chloes wusste ich zu wenig. Die Einzige, die mir ein bisschen weitergeholfen hatte, war ihre Schwester Silvia. – Der Vater hatte gesagt: Mit Logik und Verstand kriegen wir alles heraus. Logik hatte aber etwas mit Kabbalismus zu tun. Man brauchte den Zahlen nur eine mystische oder mythomanische Konnotation anzuhängen. „Denk dir was, aber stell dir nichts dabei vor", hatte mein Philosophieprofessor dazu gesagt.

Logik und Zahl waren ein Lockprogramm. – Wir betreten mit der Kreiszahl pi das Reich des Transzendenten. – Mein Gott, wie man sich irren konnte. Goethe hatte den Erdball auch nicht mit Zahlen erobert. Ich konnte mir vorstellen, wie Müller und Anselm im Alt-Muhler Polizeipräsidium saßen und ihre Stirn runzelten.

Am Nachmittag traf ich Silvia in Pfaffenheck auf dem Reiterhof. Sie hatte Reithosen und ein gelbes Hemd an und kaute mürrisch auf einer selbstgedrehten Gauloise herum. Sie war eigentlich schöner als ihre Schwester, aber es ging nicht so viel von ihr aus. Sie war mit einem Autor liiert, der auch gleich mit seinem Pferd hinter ihr auftauchte. Er sah mich an, als sei ich der böse Geist.

„Alle Schriftsteller sind Verbrecher", sagte der Miesepeter zu mir. Schreiben ist Prostitution. Er war mehr als angeheitert.

Kommen Sie doch heute Abend auf unseren Reiterball, sagte er. Silvia, die mich offenbar mochte, nickte eifrig mit dem Kopf.

Unter einem Reiterball kann man sich einiges vorstellen, besonders hier oben in Pfaffenheck. Die Leute sind nach einer Stunde fast alle betrunken. Und wenn gar nichts mehr hineingeht, reichen sie sich die Hand und sagen: Prost Reiter! Dann wird das nächste Bier-Korn über den Tisch geschoben. Aus den Lautsprechern orgelten Andreas Gabalier, Ireen Sheer und Helene Fischer. Am Ende ließ sich sogar der berühmte Anita-Song hören. Ich ging nach draußen. Die Toilette war unzumutbar. In einem Winkel vor dem kleinen Garten stand Silvia mit dem Typ, und sie redeten über das, was passiert war. Silvia sagte zu ihm: Ich verlasse dich nie! – Warum war sie in der Schweiz so freundlich zu mir gewesen? War sie froh, ihre Schwester aus dem Weg geräumt zu sehen? – Sie sahen mich im Dunkeln da stehen, und er rief mir mit seiner betrunkenen Stimme zu: Lassen Sie die Finger von meiner Frau!

Ich war irritiert, er musste wirklich eifersüchtig sein.

KAPITEL 5

Der Mann von Bäbe Schultheß' ältester Tochter hatte Bäbes Charakter so geschildert: Bey etwas Ernstem, was in ihrem Charakter lag, und das für manchen, der sie nur oberflächlich und nicht nach dem inneren Grunde aus dem es floss, und ganz kannte, etwas Zurückschreckendes hatte, war sie dennoch voll herzlicher Güte und wohlwollender Teilnahme, aber ohne Ziererey. Die der untermischte Ernst verschlang; und wer durch diesen Nebel durchdrang, der war von ihrer heitern und warmen Sonne erquickt.

Mein Gott, besser hätte man doch auch Chloes Charakter nicht abmalen können. Ich war damals auf ein Abenteuer mit ihr aus gewesen, hatte es bekommen und mit Verlust bezahlt. Goethe hatte Bäbe als Beichtmutter gehabt, bevor er Charlotte von Stein kennenlernte. Und wenn er diese coole Charlotte, die alles auf den Punkt brachte, nicht kennengelernt hätte, hätte sich mit Bäbe Schultheß sicher etwas ergeben, obwohl sie schon ehelich gebunden war. Charlotte war ja auch verheiratet, und ihre Beziehung zu Goethe lief neben der zu ihrem Mann Josias von Stein her.

Manchmal dachte ich, ich hätte in die Situation nicht hineingeraten dürfen. Silvia wollte nur mit Vernunft, nichts aber mit Psychologie zu tun haben.

Silvia war eigentlich auf meiner Seite. Sie hatte sich nicht in die Ecke der Nachtragenden gestellt, und ich hatte gesehen, wie das Geld Menschen schlau und dumm machte. Nicht so schlimm wie im Schatz der Sierra Madre, aber doch in dem Sinn. Silvia sagte, ihre Schwester hätte sich den Nächstbesten aussuchen und sich ein Kind machen lassen sollen. Das taten aber nur Frauen, die irgendwann einsahen, dass sie nicht in der Lage waren, einen Mann dauerhaft an sich zu binden. Schöne Rache, wenn der Tropfen Samen in die Furche fiel.

Silvia sagte, so zynisch und kaltblütig hätte ihre Schwester nie sein können. Chloe hätte allen Männern zeigen wollen, wie abgezockt sie war und dass ihr nichts etwas bedeutete. Wenn ihr jemand mit obszöner Offenheit kam, fing sie an zu schreien und knatschte vernehmlich mit ihrem Kaugummi. Und die meisten ihrer Freunde freuten sich über diese mystische Apartheed. Sie hätte sich nie im Leben kaufen lassen. Ihre Sprüche waren sterilisierte Nadeln. Jedenfalls war ihre Sprache nie von einem Kommunikationsberater bearbeitet worden. Wenn ihr etwas zu schnell ging, sagte sie: Darüber muss ich erst nachdenken!

Chloe hatte auch zwei oder drei Beziehungen mit Alt-Muhler Studenten gehabt, und gesagt: Den ganzen Tag im Bett, und dann den Kühlschrank leergefressen! Ich konnte nicht der Einzige gewesen sein, der so stürmisch gewesen war. Sie musste übrigens eine ausgezeichnete Torfrau gewesen sein, denn sie wurde einmal für die Deutschen Meisterschaften nominiert. Sie brauchte keinen Freund, sie brauchte einen Wünschelrutengänger. Was konnte ich tun, was die Polizei nicht konnte? Chloe war das beste Beispiel dafür gewesen, wie man sich, bei wenig Intelligenz, mit allen Mitteln durchkämpfte. Über mein Auto hatte sie gesagt: Das ist ja ein Oldtimer, mit nem H hinten auf dem Nummernschild.

Ich dachte, wenn sie gewusst hätte, dass mein Auto noch mit Radialreifen fuhr und auf der Straße lag wie eine Seifenkiste. – Ich konnte mir den 1500-er mit Stufenheck leisten. Vielleicht hatte Chloe zu der kleinen Gruppe gehört, die modern sein wollte. Aber das war keine Modernität, das war Muff. Warum hatte sich Goethe in Zürich mit Bäbe Schultheß, dieser mütterlichen Frau von starkem Liebreiz und deren junger Tochter Döde getroffen, die auch ein bisschen in Goethe verliebt war? Ich würde die Antwort nicht finden. Alles, was man ahnt, wird sofort wegrationalisiert. Goethe hatte Recht: Ich suchte in der Natur und fand in ihr etwas, dass in mir selbst lag.

Zwischen der Amerikanerin Lana Turner, ihrer vierzehnjährigen Tochter und Lanas Geliebtem, dem Schauspieler Lex Barker, musste es ähnliche Verknüpfungen gegeben haben. Chloe war keine dieser stromlinienförmigen Nymphen. – Torfrau! Ich stellte mir vor, wie sie in eine Torecke rollte. Ihre Eltern waren paulinuskatholisch. Passte das zusammen? Ich glaube, ein guter Gedanke war mehr wert als jede Recherche. Goethe würde den Fall nicht lösen, aber die Analogie.

Chloe hatte im Bett kommuniziert und wollte mich einschmelzen. Einmal sprachen wir über Psychologie, und sie sagte, Freuds Vater sei Geldfälscher gewesen. Es stimmte. Sie zeigte bei ihren Worten keine Regung, und ich fragte mich, woher sie die Information hatte. Ab und zu konnte Chloe auch ordinär werden. – Ich hatte ihr an dem Nachmittag die Faust-Frage gestellt: Wie hältst du es mit der Religion? – Ich kann darüber nicht nachdenken!

hatte sie geantwortet. Ich wusste von den Scholastikern, dass selbst freie Assoziationen zu Gott Sünde waren.

Ich beschloss, die Sache erst einmal auf sich beruhen zu lassen und mit meinen Goethe-Studien fortzufahren. – Hunde lieben sich nicht, sie kopulieren, hatte Chloe an jenem Nachmittag gesagt. Manchmal dachte ich, sie habe mir ihren Gleichschritt aufgezwungen. Ich musste an Goethes Briefe an Charlotte von Stein denken. Ich wusste: Sie hatten Goethe zu nichts verpflichtet, denn sie gingen an eine Frau, die in ihrem Zeitalter schon als alt galt. Trotz des Aussehens einer Matrone, hatte ihr Charlotte von Kalb eine grünende Gesinnung bescheinigt. Das war viel für eine Frau, die damals weit über fünfzig war.

Goethe musste nach seiner Rückkehr aus Italien 1788, als er mit Bäbe und ihrer Tochter Döde eine ganze Woche in Konstanz zusammen war, von der Schönheit Dödes ergriffen worden sein. Ihr gut proportionierter Körper, aber nicht zu dünn. Ihr Gesichtsausdruck ein bisschen böse, was sich bei näherem Kennenlernen als falsch herausstellte. Goethe störte es nicht, dass sie die Tochter einer seiner intimsten Freundinnen war. Seelenfreundinnen! Das junge Mädchen war wahrscheinlich erst durch das Abschreiben von Goethes Wilhelm Meister aufgeklärt worden. – Am Abend, nach einem langen Gespräch, weinte sie dankbar über das, was ihr Goethe gegeben hatte, und bekam plötzlich einen Lachanfall. Danach sprach sie genauso wenig wie ihre Mutter. Bedeutete es etwas, mit einem Mann zärtlich und dem anderen treu zu sein? Goethe hatte dazu gesagt, wenn wir uns der Sprache bedienten, komme es immer zu solchen Sätzen.

Ich wusste nicht, wie die Aufklärung des Verbrechens weitergehen sollte. Ich hatte aber aus dem Mund des Kriminalbeamten Grün vernommen, dass Chloe einmal kurze Zeit in einer katholischen Klinik in Saffig behandelt worden war. Saffig liegt in der Voreifel, im Maifeld, und diese klösterliche Klinik ist ein beispielhaftes Muster der Ruhe. Der Aufenthalt musste Chloe ungemein gutgetan haben. Ich schätzte sie so ein, dass sie sich nichts hatte gefallen lassen. Das alte ursprüngliche Gebäude aus dem 19. Jahrhundert stand noch. Davor hatte man einen modernen Flachbau angelegt. Gleich vorne links ging es durch eine Glastür zum Chefarzt. Ich hatte mich telefonisch angemeldet und wollte mir ein bisschen Zeit lassen.

Er ließ mich eine halbe Stunde reden und sagte dann: Das sind für mich leere Worte! Sie sind kein Therapeut. So klug sollten Sie doch sein, eine Behinderte nicht erziehen zu wollen, auch nicht nachträglich. Wollten Sie Ihre Träume teilen? Sie hat viel in den Briefen ihres Großvaters gelesen, die sie bei sich hatte. Wenn Sie wollen, können Sie einen Blick hineinwerfen.

Die Briefe ihres Großvaters gingen von Wiesbaden an ihre Mutter in Alt-Muhl. Der Großvater hatte in einer großen Getreidefirma gearbeitet und schrieb unter anderem: Dass du noch am Sonntagabend tanzen gehen musstest, darüber kann ich dir doch gar nicht böse sein, und dass du an mich gedacht hast, habe ich direkt gemerkt, denn auch ich habe während des ganzen Tages an dich gedacht. Allmählich wird es mir ja auch hier gefallen, und man wird sich einleben. Am Montag traf hier Gerhard Berg ein, der Hilfsrevisor ist und bei der Darlehenskasse zu tun hatte. Die Arbeit im Kontor, vor allen Dingen der Kontrollapparat, ist ungewohnt, aber auch das gibt sich. Einen kleinen geschäftlichen Ärger gab es auch schon. Im Allgemeinen ist Wiesbaden ja doch eine etwas andere Stadt als Alt-Muhl. Liebste, in diesen Brief lege ich dir einen Zwanzigmarkschein rein. Den Rest bekommst du, wenn ich wieder in Alt-Muhl bin. Feiere recht schön und denke dabei auch ein bisschen an mich.

Chloe kam aus einer kleinbürgerlichen Familie. Die Briefe ähnelten sich. Aufgelöste Verlobungen, Heiraten, Spaziergänge am Rheinufer, die „Angelegenheit Markus" (ein Versuch, sich selbständig zu machen), alles war aufgezeichnet.

Der Chefarzt, er hieß Feringer, hatte mir zum Lesen ein paar Minuten Zeit gelassen. Chloe hatte ein paar Anmerkungen gemacht. Man sah sofort, dass sie Legasthenikerin war.

Jetzt haben Sie an der Rose der Erinnerungen gerochen, sagte Feringer. Jetzt gibt es überhaupt nichts mehr zu sagen, nichts, nichts, nichts. Sie sind allein. Vielleicht ist es die geheimnisvolle Liebe, die nur einmal kommt. Mehr kann ich Ihnen auch nicht sagen. Im übrigen hat mir die Alt-Muhler Kripo noch einmal bestätigt, dass dieser bodygebildete Mann, mit dem sie sich eingelassen hat, weder in der Ukraine noch im Krieg gewesen ist.

Ich verließ die Klinik und brachte meinen Stufenheck-VW zu Löhr & Becker, um die Bremstrommeln überprüfen zu lassen. Vielleicht würde der Fall nie gelöst. – Es gebe keine saubere Methode, um es zu vielen Millionen zu bringen, hatte Chloes Vater über Freds Vater gesagt. Ganz oben vielleicht. Aber unten sind die Maurergesellen und Betonmischer seines Baukonzerns, die nichts zu verkaufen haben als ihre Arbeitskraft. Ich hatte das Feringer vor meinem Abschied gerade noch an den Kopf werfen können. Er rief mir nach: Sind Sie Kommunist? – Ich antwortete: Noch nicht! – In jedem Satz, den man aussprach, waren Denkfehler.

Feringer hatte mir ein paar fotokopierte Blätter aus Chloes Tagebuch mitgegeben. Es waren nur fünf Seiten. Sie beschäftigte sich darin mit dem Vollmond, mit dem Schaum in ihrem Kopf und den Würmern in ihrem Bauch. Sie fand sich schmutzig, weil es im Krankenhaus nicht jeden Tag Gelegenheit zum Duschen gab. Sie schrieb, sie bekomme zu wenig zu trinken und wie es jetzt mit etwas Alkohol wäre. Dazwischen immer wieder Formeln, mit denen sie sich Trost zusprach. Voller Legasthenie, aber liebenswert. Manche Zeilen mussten innerhalb von Minuten entstanden sein, andere nach einem oder zwei Tagen. Die Einträge waren ein halbes Jahr vor ihrem Tod geschrieben und endeten mit den Worten: Wozu habe ich das eigentlich geschrieben?

Als ich bei Silvia vorbeifuhr, war der „Ukrainer" gerade bei ihr. Ich hörte schon von weitem das Geräusch eines Kampfes. Sie rangen miteinander, er hatte einen kleinen Revolver in der Hand, und sie umklammerte sein Handgelenk. Dann löste sich ein Schuss und ging in die Decke. Ich glotzte ein bisschen und nahm ihm den Revolver aus der Hand. Er ließ es einfach geschehen.

Es war der Vater, murmelte er, er wollte die Schande von der Familie weghaben. Und sowas hier im Rheinland.

Haben Sie Beweise? fragte ich.

Er hat gestanden, sagte er. Ich hätte es ihm aber auch selbst nachweisen können. Die Kugel hatte ein Stück Decke herunterkommen lassen. Zuviel Selbstmitleid, dachte ich. Er hätte doch mehr für sie tun können als ich.

Ich rief bei der Kripo in Alt-Muhl an, alles stimmte.

Ich wollte nicht salbadern, rief aber bei ihrer Mutter an und sagte ihr, dass ein guter Mensch gestorben sei. Sie fertigte mich kurz ab. – Unsinn, sagte sie, sie war schlecht. Dummer brutaler Tod.

KAPITEL 6

Da sind wir also in einem bestimmten Jahr nach der Jahrtausendwende. Ich, Heinz Drandorf, war damals Buchhalter in Paul Blumenbachs Sanitätshaus und erzähle, wie es weiterging. Behring war tatsächlich in den Schuldienst gegangen. Und so schnell er hineinkam, so schnell war er wieder draußen. Er sagte, die Langeweile, die Dummheit und das dauernde Vereinfachen des Komplexen seien ihm auf die Nerven gegangen. Lebte von der Mitarbeit bei der Alt-Muhl-Zeitung und von seinen kleinen Büchern über Kommunikationswissenschaft. Schrieb Leserbriefe an die Gazetten der ganzen Welt. Glaubte, er sei was Besseres. – Ich gehe auf die siebenundneunzig und habe Parkinson. Nur das Zittern! – Mein Kopf ist noch der eines Jüngeren. – Behrings Vater kannte ich gut.

Behring heiratete nach dem ersten Staatsexamen. Wenig später wurde er geschieden und hatte einen kleinen Sohn Veit, den er fast allein großzog, bis er in der Kaufhof-Galeria seine zweite Frau Herlinde kennenlernte. Die hatte auch schon einiges hinter sich, aber sie blieb ihm treu und kümmerte sich ein bisschen um seinen Sohn. Flippte immer wieder mal aus!! – Versuchte sich mit wenig Kenntnissen und großer Dreistigkeit als Selbstdarstellerin. – Behring tolerierte alles. Sogar die Intoleranz.

Die ersten zwei Semester war Behring mit der Bahn nach Bonn gefahren, das dauerte keine halbe Stunde.

Dann nahm er sich ein Zimmer. Sein Vater hatte die Annonce aufgesetzt. Die halbe Stunde im Reviera-Express war schön. Der Freund seiner Schwester studierte seit einem Jahr in Bonn, später kam seine Schwester hinzu, und in die Zwischenprüfungen in einem großen Hörsaal gingen sie zu dritt. Einige schlossen sich ihnen an und profitierten. Im dritten Semester nahm er ein Zimmer in einer winkligen Straße der Bonner Vorstadt. Sein erstes Zimmer überhaupt. – Er durfte sich im Badezimmer der Vermieterfamilie waschen. – Das Wintersemester war kalt, den Ofen in seinem Zimmer heizte er nie. Er blieb bis halb zehn abends im Seminar und arbeitete für seinen Mittelhochdeutsch-Schein. So konzentriert und selbsterfüllend hatte er später nie mehr in seinem Leben gearbeitet. Er schlief morgens bis halb elf. Abends kaufte er sich, zum ersten Mal in seinem Leben, eine Flasche Bier. Das Bier zu Hause hatte ihm nicht geschmeckt. Er trug fast immer einen weinroten Kaschmirpulli mit rundem Ausschnitt und fühlte sich wohl. Heute bin ich mir sicher, dass ihm das Mittelhochdeutsche so viel Spaß machte, weil es ihn an das differenzierte Deutsch erinnerte, das seine Eltern sprachen.

Einmal lernte er auf dem Unifest eine Backgroundsängerin kennen. Sie hatte sich die einförmigen Hin- und Her-Bewegungen des Hintergrundgesangs angewöhnt, und wenn sie einmal auf die große Bühne durfte, wirkte sie, trotz ihrer wunderbaren Stimme, ein bisschen eintönig. Sie arbeitete im gesamten Betrieb mit, auch mit den Roadies und war eigentlich im Gesanggeschäft völlig unabkömmlich. Die alten Schlagersänger hatten jetzt alle dünne Stimmen und brauchten die Verstärkung durch diese drei jungen, kraftvollen Hintergrundsängerinnen.

Dennoch bildete sich die junge Frau auf die Zauberkünste ihrer Stimme viel ein. Sie wusste, was sie allein durch ihre Stimme (vielleicht auch durch ihr Aussehen) erreichen konnte. Sie trug Schlupfschuhe wie die Frauen im Mittelalter (das verband sie ein bisschen mit Behring), und als sie merkte, dass Behring den Trick erkannt hatte, zog sie die Schuhe nicht mehr an. Der Mensch wusste alles! – Der Mensch war mehr als die Summe seiner Teile, mehr als Automat oder Maschine! – Er konnte aber die Grenzen seiner Fähigkeiten nur erkennen, wenn er sie aufsuchte!

Natalie, die Sängerin, sagte ihm, sie habe eigentlich nur noch Männer daten wollen, die sich in Therapie befänden. Die meisten Männer würden ihre Freundinnen, Ehefrauen oder Partnerinnen und Affären als unbezahlte Therapeutinnen benutzen und ihren Stress bei ihnen abladen. Behring erwiderte ihr, Karl Kraus habe gesagt, die Psychoanalyse sei die Krankheit, die sie zu heilen vorgebe. Die Frau war entrüstet vom Kaffeetisch aufgestanden, und er hatte sie nie wieder gesehen.

Behring hatte sich ein bisschen mit Neophilosophie beschäftigt. Die Neophilosophie ging noch, aber die Salondenker wollten Morgenthau-Geistigkeit. – Manchmal glaubte Behring, sein Vater hätte seine Kinder am liebsten in einer Verwaltungslehre gesehen, denn drei Kinder studieren zu lassen, kostete etwas. Hatte sein Vater vom Studium der Kinder überhaupt etwas gehabt? – Seine Mutter schon! Wenn seine Schwester und er sich in Gegenwart ihrer Mutter über Literatur unterhielten, schaute seine Mutter wie ein Honigkuchenpferd. – Und dann dieser Krieg im Osten. Wenn ein Unglücksprophet sich hören ließ, taten die Menschen entweder nichts oder gerieten in Panik. Oder sie zitierten die Wissenschaften. Man denke nur an die alte Ornithologin in Hitchcocks „Vögeln", die mit wissenschaftlichen Gründen all das abstreitet, was um sie herum passiert.

Am Schluss seines Studiums geriet Behring in eine Beziehung wie in einem Westernfilm. Auf einer Party des berüchtigten Björn Nilsson, der Hoffnung des gesamten Psychologischen Instituts, lernte er eine junge Amerikanerin kennen, sie hieß Judy. – Lauter durchgedrehte Leute in diesen zwei aneinandergrenzenden bürgerlichen Wohnzimmern. Drogen gab es keine, und alle redeten über ihr Studium. Dafür aber viel Alkohol, und Behring kannte nichts anderes als die Flasche Bier, die er sich jeden Abend aus der naheliegenden Kneipe geholt hatte. Er war schnell betrunken. Sein Vater hatte ihm für dieses Wochenende seinen Käfer geliehen, und Judy hatte ihn gefragt, ob sie nach Hause in ihr Studentenheim fahren könne. Behring wusste nicht, was er machen sollte, denn er hatte noch nie richtigen Sex gehabt. Die Abende mit ein paar Freundinnen waren über ein bisschen Petting nicht hinausgegangen. Behring ließ sich mitreißen, fuhr mit ihr im Fahrstuhl nach oben und ließ sich von ihr entjungfern. Sie waren ein paar Mal ins Vorgebirge gefahren und hatten sich mit Rebellenblut, einem Brombeerwein, volllaufen lassen. Erkundeten die hügelige Gegend um Bonn und das Rheintal bis nach Bad Honnef und Linz. Sie hatten einander aber so wenig zu sagen, dass die Beziehung nach ein paar Wochen auseinanderging.

Behring war wieder allein. Das machte ihm aber wenig aus. Ab und zu ging er jetzt abends in den Zamamphas Selection Club, setzte sich an eines der kleinen Tischchen dort und hörte Jazz. Es gab nur noch wenig Plätze und eine junge Frau setzte sich auf den einzigen leeren Platz ihm gegenüber und begann ein Gespräch über den Jazz, den sie gerade hörten. Sie hieß Maria. Sie kannte den Jazz von den Anfängen bis zum Free Jazz. Ihre Lieblingsmusiker waren Jack Duprée, Charly Parker, Ray Charles und Stan Getz. Sie erzählte, man habe ihr in ihrem Studentenwohnheim eine Menge ihrer Jazzplatten geklaut. Sie fragte Behring, was er mache, und er erzählte ihr von seinem Studium und dass er einmal Schriftsteller werden wolle. Das nötigte ihr keinerlei Respekt ab. – Schreiben muss leicht sein, sagte sie, wie das Wort zum Sonntag der Theologieprofessorinnen. Behring kam nicht darauf, dass sie ihm wirklich Böses wollte.

Sie studierte Jura, und als das Gespräch auf Goethe kam, sagte sie, sie hasse Goethe, weil der sich über die Begriffsjustiz lustig gemacht habe. Goethe habe natürlich gewusst, dass er eine dilettantische Ausbildung hinter sich hatte. Deshalb, noch im hohen Alter, die vielen Wissenstafeln an den Zimmerwänden seines Hauses am Frauenplan. Sie sei froh, dass es noch Standpunkte gebe, die außerhalb der Sprache lägen. Die lägen im Ethos, im Glauben und im Gefühl des Einzelnen für die Transzendenz. Das hielt sie aber nicht davon ab, sofort mit ihm zu schlafen. Sie hatte mit ihren zwanzig Jahren schon einiges hinter sich gebracht. Sie war mit der kommenden Landwirtschaftsministerin von Malawi bekanntgeworden sei. Schließlich machten sie den Fernseher an, und er dachte, so wie die Leute in dem Kasten wolle er nicht werden. Als er sich von Maria verabschiedete, sagte sie: Gott ist das Füllsel. Ohne ihn könnten die Philosophen nicht denken! Ihre Eltern waren bemittelt, und er sagte zu ihr: Ihr könnt nichts mitnehmen! – Sie antwortete: Das sind die Sprüche der Armen! Und über den Abend sagte sie: Nix Heftiges! Sie war fortgefahren: Gegen die Macht der Tatsachen kann nur die Gegenwärtigkeit etwas machen. Man kann gegen alles etwas machen! Nie Schlussfolgerungen aus Beobachtungen ziehen, die mit dem unmittelbaren Erleben nichts zu tun haben!

Bei einem der nächsten Treffen fanden sie doch im Gespräch zueinander. Sie waren in Endenich bei Nolden essen gewesen, und als er ihr eine Frage stellte, antwortete sie in Englisch. – Meine Lieblingssprache, sagte sie. Behring verfiel auch in das Idiom, weil er das Englische mochte.

Hoffentlich bin ich dir nicht zu stark geworden, sagte sie in Erinnerung an die vergangenen Nächte.

Nie, antwortete er.

Man soll nie nie sagen, sagte sie.

Immer zu Diensten, erwiderte er.

Zu was zu Diensten?

Zu allem!

Und wenn ich eine eigene Meinung habe?

Sei nicht so taktlos, erwiderte er.

Es ist mein Privileg, taktlos zu sein, sagte sie.

Er schaute sie nur überrascht an.

Er hätte es nicht gedacht, aber das verwirrte sie etwas. Ich brauche mehr Respekt, sagte sie.

Mein Gott, ich will das nicht altmodisch nennen, sagte er, aber du bekommst doch von allen deinen Bekannten Respekt.

Sie nickte distanziert und blickte ihn an: Ist das deine Art zu flirten? Sie schlug die Beine übereinander.

Ihr Gespräch wurde von der Stimme Astrud Gilbertos aus dem Lautsprecher des Lokals unterbrochen.

Schön, aber unglücklich, dachte Behring. Ich habe noch nie einem solchen Animal gegenübergesessen. Und es gibt einige davon in Bonn, dachte er.

Sie versuchte ihn auszutesten und sprach von Fichte: Das Nicht-Ich ist auch ein Ich! – Und jedes Ich ist anders!

Das war zu allen Zeiten das beste Argument der Egozentriker gewesen. – Vielleicht hatte sie ja Recht. Aber seine Philosophie wollte er ihr heute Abend nicht erklären.

Sie redeten von einem gemeinsamen Bekannten, einem Bänker. Gerade, als sie seinen Namen aussprachen, stand dieser in der Eingangstür des Lokals und grüßte die beiden. Behring wusste, dass er sich einmal Geld von ihm geliehen hatte und es in Raten wieder abgestottert hatte. Der Typ trat an den Tisch der beiden, grüßte. Er war ein bisschen verblüfft, so dass er sich umdrehte und mit seiner Begleitung einen Tisch suchte. Maria blickte ganz stolz und drückte Behrings Arm.

KAPITEL 7

Behring freute sich, eine so geistesgegenwärtige Frau an seiner Seite zu haben. Ob alle Handelsleute so seien? fragte er.

Alle, die ich kenne, antwortete seine Partnerin.

Der Typ kam gerade von seinem Tisch zurück, um sie zu einem Glas Sekt einzuladen. Freundlich wiesen sie sein Ansinnen ab.

Als sie über den Kaiserplatz nach Hause zurückgingen, sahen sie vor sich ein paar Leute, und einer aus der Menge drehte sich herum und rief ihnen zu: Vorsicht, da sind se am Stechen!

Sie sahen auch gleich, knapp hinter der Menge, einen jungen Mann mit einer wischenden Bewegung sein Jackett abwerfen und mit etwas in der Hand (es musste das Messer sein) auf einen anderen, noch kleineren zugehen. Es dauerte drei Minuten, dann hatten sich die Feinde wieder versöhnt. Die Menge löste sich auf, und sie fragten sich, ob das, was ihnen hier mitten auf dem Bonner Kaiserplatz begegnete, wahr gewesen war. Behring bemerkte, wie sich unter dieser nur leichten Bedrohung, sich die Atmosphäre zwischen ihm und seiner Partnerin verändert hatte. Er hatte das Gefühl, er habe eine verdorbene, irregeleitete Frau neben sich. Er wusste, dass sie aus purem Spaß an Lüge und Irritation Geschichten erzählte. Er dachte an Hitchcocks Film „Berüchtigt". Die Mutter des Botschafters, die einen Mordplan ausgeheckt hatte, lag mit der Zigarette im Mund im Bett und dachte nach.

Als Behring Maria nach Hause gebracht hatte, fiel er sofort ins Bett. Er schlief ein und wachte nach einer halben Stunde wieder auf. Die Wahrheit war, dass er nachlässig und tolerant war. Auch gegenüber der Intoleranz. Maria war keine sinnliche Kreatur und versuchte, das so gut wie möglich zu verbergen. Sie verstand nicht einmal das, was Behring darstellte und konnte. Sie mochte es einfach nicht. Sie fühlte sich für das, was sie tat, nicht verantwortlich und wusste, dass sie im Zweifelsfall nicht zur Rechenschaft gezogen würde.

Behring versuchte oft, die Charaktereigenschaften seiner Bekannten in einem einzigen Wort wiederzugeben. Sein Vater war respektabel, seine Mutter intelligent, seine Schwester exzentrisch. Und Maria? - Es fiel ihm nichts ein. Offenbar empfand er sie als Phänomenon aus dem All. Aber sie hatte nichts Übernatürliches. Sie hatte ihm ganz offen über ein paar Erfahrungen vor ihm erzählt. Aber nichts von ihren Erzählungen stimmte. Einmal hatte sie ihm gesagt, sie würde seinen Hass spüren. Er empfand keinen Hass - gegen niemanden. Das Wort Projektion durfte man sowieso nicht mehr in den Mund nehmen. Es hatten sich schon einige Leute von ihr zurückgezogen. Und sie merkte, dass auch Behring bald folgen würde. Vielleicht hing es damit zusammen, dass auch ein Flugbauingenieur sich plötzlich für sie interessierte. Gegen ihn war Behring ein Straßenbahnkontrolleur. So sprudelte es einmal in einem Anflug von Wut aus ihr heraus. Behring war nur ein Student, der seinen Abschluss machen wollte.

Er war in ein Studentenheim gezogen, ein neunstöckiges Hochhaus. Wenn sie ihn besuchen kam, ließ er sich von seinen Kommilitonen verleugnen. Aber das Wohnheim, es war das schönste und größte in Bonn, hatte auch eine gute Seite. Behring hatte sich mit dem bluterkranken Herbert Bergemann, einem Psychologiestudenten, angefreundet, der ihm trotz seiner Krankheit ein Drittel seiner Staatsarbeit getippt hatte. Einmal traf er in Herberts Zimmer eine junge Psychologiestudentin, die genauso aussah wie die Gauguinbilder, die in seinem kleinen Studentenzimmer hingen. Er wusste nicht, wie Herbert Bergemann und diese Frau zueinanderstanden. Er war zurzeit ohne Auto und lieh sich eine Vespa, um sie in der Goethestraße einmal zu besuchen. Er hatte sich extra ein neues Hemd gekauft, rosa mit weißen und blauen Nadelstreifen. Ines empfing ihn in ihrem riesigen Zimmer, auch nur mit Ofenheizung, und sie saßen sich eine Weile bei einer Kanne Tee gegenüber und unterhielten sich. Nach zwei Stunden ging er wieder hinunter zu seiner Vespa und fuhr zurück nach Endenich. Davon später.

Dann wurde Maria schwanger. Das Kind kam zur Welt, als er gerade sein erstes Staatsexamen hinter sich hatte. Er bewarb sich in Bonn für das zweite Staatsexamen und absolvierte es in der Bundeshauptstadt zu seiner größten Zufriedenheit. Die Schüler hatten ihn gemocht, und ab und zu hörte er zusammen mit seiner Klasse Jazzplatten, die er mitgebracht hatte. Niemals würde Maria jetzt auf den Gedanken kommen, zu sagen, er sei ein Fahrkartenknipser. Als Liebhaber fühlte er sich absurd, denn er bemerkte, dass sich Maria aus Sex immer weniger machte. Nur mit ihm? – Er wollte auch keinen lächerlichen Liebhaber abgeben und bewarb sich in Rheinland-Pfalz um eine Studienratsstelle. Bonn war vollkommen zu. Er bekam tatsächlich eine Studienratsstelle im nahen Linz in Rheinland-Pfalz, nur fünfzehn Kilometer von Bonn entfernt.

Behring nahm sich eine kleine Wohnung in Dattenberg, auf den Höhen von Linz und machte sich in der Schule viele Freunde. Besonders gern war er mit dem Sportlehrer Jochen Jakoby zusammen, mit dem er auf Klassenfesten sang und Gitarre spielte. Er war nicht irgendjemand, er war Hans Behring. Es gab Verwirrung. Die fünfzehn Kilometer und die neue Atmosphäre trennten ihn noch mehr von der Mutter seines Sohnes. Sein Beruf war sein Kapital, und er dachte nicht daran, Marias Drängen nachzugeben und es mit einer Unikarriere zu versuchen. Solche Gedanken bedrückten ihn. Maria lag oft mit geschlossenen Augen auf ihrem Bett. Gedanken schwirrten in ihrem Kopf, dass sie sich möglicherweise in allem getäuscht hatte. Auch in sich selbst. Behring schaffte es, Maria das Sorgerecht zu entziehen und den Jungen zu sich nach Linz zu holen. Eine junge Slowenin kümmerte sich um das Kind.

Maria träumte oft davon, dass Behring im Lotto gewonnen habe und sie sich ein großes Landhaus mit umgebenden Gärten kaufen konnten. Aber darüber sprach sie mit Behring nie.

Da fügte es sich, dass Behring seine Eltern in Alt-Muhl besuchte und in der Zeit seine Armbanduhr (sie war noch zum Aufziehen) kaputt ging. Er fuhr in die Galeria von Alt-Muhl (Uhrengeschäfte mochte er nicht) und sah dort in der Auslage eine schöne, silbrige Metall-Taucheruhr von Tissot. Er probierte sie aus, und schließlich kam die Verkäuferin herbei und sagte ihm, eine bessere Uhr für ihn gebe es nicht. Sie würde ihm auch noch ein bisschen Rabatt geben, wenn er sie zum Abendessen in den Ratskeller in der Oberen Löhr einlüde. Er war kein Prinz, aber die Frau, sie hieß Herlinde, war bodenständig. Sie war keine, die hoffnungslos liebte, und nahm ihn nach dem Essen gleich mit in ihre Wohnung.

Ab und zu fuhr Behring jetzt nach Alt-Muhl und traf sich mit Herlinde. Sie kochte für ihn und saß mit der ihr eigenen unnachahmlichen Grazie am Tisch. Sie sagte, sie halte zu viel von sich, um sich mit einer Rolle als Liebhaberin zu begnügen. Er solle sie heiraten. Sie wurde hart und nachdrücklich. Behring überkam eine irrationale Scham, wenn er daran dachte, wie er zwischen zwei Frauen hin- und herschwankte. Herlinde erschien ihm wie die Sommersonnenwende, die im Norden über die Menschen kam. Sie war keine Akademikerin, hatte nach dem Einjährigen ein bisschen an der Alt-Muhler Uni hospitiert und war dann Verkäuferin geworden. Sie hatte nie versucht, sich unter seine Begriffswelt zu schieben. Sie hatte Lebenskenntnis und eine Einschätzung fremder Menschen, die unvergleichlich war.

Wenn du mich nicht heiratest, sagte sie, wirst du dafür bezahlen.

Sie saßen sich zwanzig Minuten gegenüber, und dann entschloss sich Behring, ihren Wunsch zu erfüllen. Es war die schlichte Intuition, dass diese Frau, zusammen mit ihm, sein Leben besser händeln würde. Er erzählte ihr von seinem Sohn Veit, und sie sagte, das würde sie leicht hinkriegen.

Sie mieteten das kleine Haus in Dattenberg, in dem Behring bisher nur ein Zimmer bewohnt hatte. Maria war froh, dass ihr Sohn (an dem sie nicht besonders

46

hing) weg war und sie sich wieder ihrer Lonesome-Rider-Jagd auf Männer widmen konnte. Jetzt, mit einer Frau und einem Kind, hatte Behring keine gesellschaftlichen Vorurteile mehr und wurde von Herlindes klaren und lebensnahen Gedanken infiziert. Ein Blick von ihr war mehr wert als tausend Worte. Einige Leute flüsterten ihm ins Ohr, Herlinde sei zu einfach. Aber das gefiel ihm am meisten. Und sie war nicht so einfach wie Rousseaus Thérèse Lavasseur. Maria versuchte noch einmal, seine Beziehung zu Herlinde mithilfe ihres Elternhauses zu infiltrieren (die besten Beziehungen konnten infiltriert werden). Behring quälte sie mit Fragen nach ihrer Vergangenheit, und so machte sie sich davon.

So lebte er in der kleinen Weinstadt Linz, oben zwischen den Felsen und Weinbergen. Er und Herlinde fuhren, je nach dem, wozu sie Lust hatten, nach Alt-Muhl oder nach Bonn.

Manchmal, wenn Behring und Herlinde in die Buchhandlung Bouvier oder Röhrscheid nach Bonn gingen, kam ihnen Maria entgegen, Hans Joachim Schädlichs „Tallhover" in der Hand. Ein Buch, das behauptete, jeder Deutsche sei zu allen Zeiten in Geheimdienstaktivitäten verstrickt gewesen. – Maria hatte einen kleinen Freund gefunden, und Behring wusste, dass sie vieles mit ihm besprach. Der Freund freute sich, dass Behring und Maria nicht mehr zusammen waren.

Ab und zu fuhr Maria in ihrem Käfer durch die Straßen von Linz, etwa alle zwei Monate. Behring hörte es von ein paar Kollegen. Sie stellte sich fünf Minuten aufs Trottoir und fuhr dann wieder zurück.

KAPITEL 8

Dass es in der Welt überhaupt jemand geben konnte, der Behring feindlich gesinnt war! – Behring hatte sich doch einvernehmlich von Maria getrennt. Er riet ihr zu einer Psychoanalyse. Sie erwiderte, Psychoanalyse sei Täuschung. Nur Dreistigkeit und Lüge hülfen. Das war es, was fast die halbe Welt glaubte.

Abends setzten sich Behring und Herlinde, eng aneinander gekuschelt (so dass nicht einmal ein Zeitungsblatt dazwischenging) aufs Sofa, und sie schauten, ohne etwas zu sagen, das ganze Fernsehprogramm bis ein Uhr nachts. Das war das Schönste!

Einmal hatte er sich noch, auf Herlindes Zuspruch, mit Maria im Bonner Kaffeehaus getroffen. Da saß die kleine Kommandeuse ihm gegenüber und sprach ihm ins Gesicht hinein, dass er gleich Depressionen bekommen würde.

Sprichst du in Linz über die Vergangenheit? fragte sie.

Ich habe keinen Grund, auch nur irgendetwas aus meinem Leben geheim zu halten, erwiderte er und dachte: Ich lass mir doch von dir nicht mein Leben kaputt machen.

Zwei Jahre später starb Maria. Er besprach seinen Schock mit Herlinde, die ihm unentbehrlich geworden war, und nach dem dreistündigen Gespräch löste sich seine Schreckstarre. Er hatte geglaubt, er sei an Marias Tod schuld. Es hätte nicht schlimmer kommen können.

Er hatte Maria nie Supervision anbieten können, denn alles, was nur entfernt nach Psychologie roch, lehnte sie mit Leib und Seele ab. Er hatte nie herausbekommen, warum. Vielleicht hatte es etwas in ihrem Vorleben gegeben. Er hatte ihr auch ein paar seiner Gedichte gezeigt. Aber er hatte das Gefühl, sie habe davon nichts verstanden. Mitleid hatte er immer mit ihr gehabt. Behring hatte bemerkt, dass er sich schon allein dadurch verändert hatte, dass er von Maria beobachtet wurde. Er hatte gedacht, das gelte nur in der Quantenphysik. Aber es galt auch zwischen Menschen.

Es war ihm, als habe der Bhagwan in Marias Seele geschaut. In dieser Zeit hatte Behring Ausschlag an beiden Armen bekommen. Wer war Marias Wegweiser? Behring hatte im dritten Semester einmal an einer Gruppenstunde teilgenommen. Es waren Kranke, Beschädigte und eine ausgesprochen unkontrollierte Therapeutin. Er war mitten in der Stunde gegangen. Wenn Maria mit ihm ausging und sich darstellen wollte, trug sie einen ganz neuen Hosenanzug. Er erinnerte sich an den Satz einer Skiläuferin in der Sportschau: Wir sind brav, wir denken nicht selbst! Handeln und Denken hatten sich immer widersprochen.

Das Leben ging weiter, und Behring bekam eine Stelle an einem Gymnasium in Alt-Muhl. Er und Herlinde entschlossen sich, noch einmal in eine größere Stadt zu ziehen und fanden eine Wohnung im Stadtteil Bubenheim. Behrings Sohn Veit nahm ein Zimmer in Bonn, weil er bald seinen Abschluss machen würde. Nach all den Jahren hatte Behring aber die Schule satt. Er hatte schon vorher in der FAZ und in der ZEIT kleine Artikel über literarische Größen geschrieben und war mit Herlinde übereingekommen, das Leben des Freien einmal zu versuchen. Sie unternahmen viel zusammen, machten Taunus, Hunsrück und Westerwald unsicher. Die geliebte Eifel sparten sie sich für die Zukunft aus. Behring dachte oft daran, wie glücklich er aus einigen Halbdingen in seinem Leben herausgekommen war und dass seine zweite Staatsarbeit mit einer Eins benotet worden war. Inzwischen bedeuteten ihm Noten nichts mehr. Er wusste, dass mit der Sprache alles gedreht werden konnte. Man konnte nicht einmal einigermaßen genau über die Sprache nachdenken, weil das wieder mit Sprache geschah und in Paradoxien führte. Sollte sein ganzes Philosophiestudium umsonst gewesen sein? Das meiste verdankte er seinen Schülern, mit denen er so spontan und ehrlich über Literatur gesprochen hatte. – Wir verlassen Behring jetzt und werden ihm wieder begegnen, wenn er einundachtzig Jahre alt ist. Die nächste Passage erzählt Behring selbst. Sein Sohn Veit hatte eine Bachelorarbeit über Arno Schmidt geschrieben. Behring dachte jetzt viel über Symbolismus nach. Herlinde hatte gesagt: Alles ist Symbol! – Das stimmte nur, wenn man ein Wort mit einer bestimmten körperlichen Kennzeichnung versah, ein Wort, das dann nach zehn oder zwanzig Jahren für den Angesprochenen bedeutsam werden konnte. Eine weite Wort-Symbolwelt spann sich um den ganzen Globus. – Es war zu subtil. Er wollte mit Symbolen nichts mehr zu tun haben.

KAPITEL 9

Wir waren von Alt-Muhl ins Maifeld gefahren, ich Behring, meine Frau Herlinde und mein Sohn Veit aus erster Ehe. Hat man das einsame Anwesen gefunden, das sich die Wallfahrtskirche Fraukirch bei Thür nennt, muss man zuerst durch den barocken Frauenkirchhof. Meine Frau macht sich nichts aus Kirchen, obwohl sie ein bisschen fromm ist. Die Heilige Genoveva soll hier mitten in der Wildnis gelebt haben. Das wäre etwas für meine Frau. Die Steinmetzkunst der Figuren ist nicht vergeistigt, sondern bäuerlich und derb. – Meine Frau hat zwei Ehen hinter sich. Bevor sie an mich geraten war. Von Logik hielt sie nicht viel, aber sie durchschaute alle Fassaden, die die Menschen vor sich hertrugen. Als wir uns kennenlernten, hatte sie mir gesagt, die Zeit der blinden Hingabe, der Selbsterniedrigung, der Unterwerfung und des Vertrauens wider besseres Wissen sei vorbei.

Auf einer einsamen Bank hinter dem Friedhof aßen wir Butterbrote und tranken etwas aus der Thermosflasche. Meine Frau zog Große Erwartungen von Charles Dickens aus ihrem Rucksack. Mein Sohn machte sich im Inneren der Kirche zu schaffen. Er kam aus der Kirche gesprungen und erzählte uns die Genoveva-Geschichte. Als hätten wir nie davon gehört. Am Ende der Intrige wird Genoveva ausgesetzt wie Ödipus. Und als ich zu meinem Sohn sagte: Ödipa, begriff er erst gar nichts.

Ich bin jetzt über achtzig. – Mein Beruf? – Privatgelehrter! – War auch mal kurz Lehrer! – Vaterlos aufgewachsen, zum größten Teil in der Ostzone. Meine Großeltern und meine Tanten zogen mich groß, während meine Mutter oft in die Westzone ging, um für meinen Vater und die Familie eine Wohnung zu finden. – Wenn ich mir meinen Vater vorstelle mit seinem wegrasierten Schläfenhaar und der Tolle auf seinem Kopf. Sein ungutes, verzerrtes Lachen. Für meine Mutter war es die zweite Ehe. Mein Vater hatte Aufschluss über ihr Vorleben gefordert und sie in große Bedrängnis gebracht. Sie sprach ab und zu über Sinnestäuschungen und fand, dass das Gras zu schnell wachse. Sonst war nichts an ihr ungewöhnlich.

Manchmal sagte sie, Angst sei das Gefühl schlechthin. Sie habe das Gefühl, gegen alle Zeit- und Konventionssitten verstoßen zu haben. Man brauche nur Elias Canettis Anderen Prozess zu lesen. Zu ihrem ersten Mann habe sie gesagt, sie komme über alles hinweg, auch über ihn! – Sie erkenne einen Menschen schon beim Händedruck, selbst wenn die Körper auseinanderblieben.

Als ob der Sex helfen würde, sagte meine Frau. Damals nicht und heute nicht! – Wie hoch muss ich noch klimmen, um die richtigen Gedanken zu haben? Im Maifeld sagte man nach einem Satz, der Schaden bringen konnte: Hexenkreuzchen!

Es gibt auch Höhlen hier, sagte meine Frau. – Ne Tochter hätt ich gern gehabt, sagte sie, und die Einförmigkeit des Maifeldes gefällt mir besser als die schluchtige, kornbewachsene Eifel.

Die Eifel ist auch schön, sagte ich.

Kann man hier auch Ski fahren? fragte mein Sohn Veit.

Ja, sagte ich.

Dann machen wir hier ma 'n Winterurlaub.

Ich verwandele mich jetzt in einen Schneehasen, sagte meine Frau.

Wo bist du? riefen wir. Wir sehen dich nicht mehr.

Tatsächlich hüpfte ein weißer Hase in den Feldern herum.

Geistesgegenwart ist alles, rief ich ins freie Feld hinaus.

In diesem Augenblick hatte sich meine Frau wieder rückverwandelt und stand in ihren Wanderschuhen und in ihrem Trägerrock wieder neben uns.

Am Ende ist es doch das Geld, sagte meine Frau, und wir haben beide nichts.

Wir hatten in einer Zweizimmerwohnung angefangen, beide missglückte Ehen hinter uns. Sie zwei. Wir vertrauten uns, sprachen aber nie über Vertrauen. Vertrauen ist blind. Wenn man versucht, etwas den Sophismen unterzuordnen, ist man schon schachmatt. – Man musste selbst den eigenen Worten glauben! – Ich begann, John Irving zu lesen. In Hotel New Hampshire ging es um Inzest, in Witwe für ein Jahr um Jungen mit relativ älteren Frauen, in Mittelgewichtsehe um Vierersex, und aus Bis ich dich finde würde ich das Motto für dieses Buch nehmen. Und das „Unbewusste"? – Was wissen wir schon davon? Herlinde hatte bei unserem Kennenlernen gesagt: Sex und immer nur Sex und immer stupider dabei werden. – Ich habe lange gebraucht, um offen mit ihr darüber sprechen zu können.

Da ist schon Saffig, rief meine Frau.

Mein Sohn, der robuste Essayist, sagte: Die Kirche ist von Baltasar Neumann. Die barocken Fassaden abgebaut und in den sechziger Jahren wieder hinzugefügt. Für teures Geld aus anderen Ländern.

Solche Seitensprünge hat es in der Baukunst, aber auch im Leben jedes Großen gegeben, zum Beispiel bei Goethe.

Ein Dreivierteljahr nach Goethes Bekanntschaft mit Charlotte von Stein wurde ihr Mann Josias krank. Der berühmte Knochen in seinem Hirn, der bei der Obduktion gefunden worden sei. Man lese nur die neueste Stein-Biografie von Jan Ballweg. Warum war Stein überhaupt obduziert worden? – Allein die Kunst ist unerschöpflich, und man muss nicht alles schreiben wollen, hatte Winckelmann geschrieben.

War er stark? fragte mein Sohn.

Zu dünn, zu schwach, erwiderte meine Frau. Sein Diener konnte ihn leicht tragen. Aber er konnte gut und lange tanzen, manchmal bis morgens fünf Uhr. Vor allem mit Charlotte von Stein. – Wenn Stein Gontard gewesen wäre und Goethe nicht seinen Fürsten im Rücken gehabt hätte, wäre es Goethe gegangen wie Hölderlin in Frankfurt.

Wir fuhren mit meinem Golf zur Burg Pyrmont, wo ich einmal als junger Lehrer (ich war bald wieder ausgestiegen) den Eingebildeten Kranken von Molière mit einer neunten Klasse aufgeführt hatte. Als Requisite, die auf der ganzen Bühne hin- und hergeschoben wurde, diente ein großer Sessel, den die Eltern auf meinen Wunsch herbeigeschafft hatten. Das Schauspiel der Schüler, die in Sonntagskleidern auftraten, war ein großer Genuss. Niemand verhaspelte sich. Die Burg gehörte den Eltern eines meiner Schüler. Sie hatten die Aufführung dort möglich gemacht.

Meine Frau sagte: Ich hab Zahnschmerzen!

Ich hatte Herlinde eine Versicherung und einen vernünftigen Zahnarzt besorgt.

In Mertloch sahen wir die Kirche St. Gandolf. Die Basilika war aus dem 15. Jahrhundert. Ich kam mir vor wie ein Reiseführer.

Wenn ich so etwas sehe, denke ich immer Seelenwanderung, sagte meine Frau.

Metempsychose, antwortete ich. Goethe und Joyce glaubten daran. Joyce hat sich ein bisschen darüber lustig gemacht. Aber Goethe war Goethe, und was ihn groß machte, war nicht der Intellekt. Ich bin sicher, dass er von Kant keine Zeile gelesen hat. Schiller erzählte ihm von Kant.

Eigentlich genügt auch eine Analphabetin, sagte meine Frau.

War das wirklich meine Frau?

Goethe soll auch mal hier gewesen sein, ich glaube am Laacher See. Einige Merkwürdigkeiten aus Goethes Leben, so ein Buch würde ich gerne schreiben. Oder etwas über seine Beziehung zu Corona Schröter.

Wer ist das? fragte mein Sohn.

Corona Schröter, in Brandenburg geboren, lebte von 1751 bis 1802.

Sehr kurz, sagte mein Sohn.

Sie wurde von den größten Oratoriumkünstlern ihrer Zeit ausgebildet, von Johann Adolf Hasse (1699-1783) und von Johann Adam Hiller (1728-1804). Beide waren Hauptvertreter der zeitgenössischen Kirchenmusik und der opera seria. – Nachts war Goethe oft bei ihr, und in sein Tagebuch schrieb er: Herzklopfen und fliegende Hitze. Corona hatte, am Ende ihrer Beziehung, Goethe ihre Lebensbeichte gegeben. Goethe unterschlug sie und verwandte sie im Wilhelm Meister. Es gibt nur einen erhaltenen Briefentwurf Goethes an Corona. Der ist in seiner Unbestimmtheit unheimlich.

Mein Sohn sagte: Goethe war Hypnosekünstler. Hatte es von Lavater.

Es war Welthypnose, sagte meine Frau. Heute hat man dafür NLP, das wirkt genauso gut. Oder endogene Energie. Das Wirtschaftswunder floss den Deutschen zum Teil auch aus der Willenskraft dieser unseligen zwölf Jahre zu.

Willen, Zähigkeit, Zähne zusammenbeißen, Anstrengung, Tat, Ärmel hochkrempeln, sagte mein Sohn.

Corona sang schon mit vierzehn in überfüllten Sälen in England. Bring du das mal fertig.

Mit keinem anderen als Goethe wäre Corona in dieses fremde Fürstentum gezogen, um dort als Mätresse gehandelt zu werden. Sie muss Goethe vielleicht schon früher geliebt haben. Die Frauen des Weimarer Musenhofs hatten nicht nur einen Hass auf Männer.

So ist's mir auch schon ein paar Mal ergangen, sagte mein Sohn, ich glaub', ich schreib' auch mal 'n Buch. Wie Zettels Traum oder so. Spielt an einem einzigen Tag, weil Joyce das gemacht hat. Wenn ich anfange zu schreiben, gibt's keine Autoritäten. Auch nicht Joyce!

Was hast du eigentlich studiert? fragte meine Frau.

Kulturwissenschaften, sagte mein Sohn.

Du bist für'n Buch zu alt, sagte meine Frau.

Als Arno Schmidt Zettels Traum fertig hatte, war er sechsundfünfzig. Ungefähr so alt wie meine Frau.

Goethe hat den Werther mit vierundzwanzig geschrieben. Und was Arno Schmidt angeht, sagen vier Zeilen aus Bottom's Dream mehr als der ganze Werther und seine Nachahmer zusammen:

»And fire & flames & bones & dense forest ...« / : »Ohbetternót Dän - «, (She begged, uncomfily / ... : ? - ; - ? - (: O=mý! : 3 yds ahead of Us the plump rabbit! (>Sorta frozen like Us?< - (Sadly, not=just.)

Wir kehren ein, fuhr ich sort. Am besten in Bassenheim, Gutshof Arosa.

Mir schmeckt dort alles, sagte mein Sohn. Ich war schon zweimal da.

Mit wem denn? fragte meine Frau.

Mit einem Fräulein Schmidt, sagte mein Sohn.

Wie sieht das Fräulein Schmidt aus? fragte meine Frau.

Ich habe sie letztens fotografiert, als sie in ihrem schwarzseidenen Nachthemdchen gerade aus dem Bett stieg. Das Plümo um die Hüfte gewickelt, weil ihr zu kalt war. Die Haare in einer langfließenden Welle bis auf die Brust, jedenfalls nur an der einen Seite. Im Hintergrund des Bildes, das ich von schräg unten gemacht hatte, ihr Mädchenzimmer mit den roten Wänden und der schneeweißen Decke. In den Regalen tausend Langenscheidt-Lexika, weil sie glaubte, nicht genug Sprachen zu können. Daneben ein paar Diogenes-Bücher und ein paar CDs. Ja, der Blitz hatte einen dunklen Doppelschatten hinter sie geworfen und ihr schmales Gesicht von ein bisschen Fettcreme glänzte. Sie war geschminkt wie immer, als würde sie sich zum Ausgehen vorbereiten. Eine junge Frau, an die ich mich sehr attachiert hatte.

Mein Gott, sagte meine Frau, klingt wie ein Gedicht.

Ganz wunderbar, sagte mein Sohn, nicht viel im Kopf, aber kann dir in jeder Lebenslage Ratschläge geben. Ich habe alle befolgt und habe vor kurzem noch den Bachelor gemacht.

Davon hast du uns noch gar nichts erzählt, sagte ich. Ich würde deine Freundin gerne mal sehen. Vielleicht ist sie ein Wundertier.

Ein Nachtschattengewächs, sagte mein Sohn, das ist nichts für dich, du bist über achtzig.

KAPITEL 10

Hast du mal ans Heiraten gedacht? fragte ihn meine Frau.

Ich weiß nicht, ob sie mich nimmt, antwortete mein Sohn. Als ich nicht vorhatte, mich zu erklären, wurde ich vor ein Familienforum gezerrt.

Ging es um Heirat? fragte meine Frau.

Ich hätte schon, sagte mein Sohn, aber sie war unklar.

Aber du bist noch mit ihr zusammen? fragte meine Frau.

Nein, sagte mein Sohn, aber so etwas lässt man auch nicht einfach abtropfen. Ich entscheide, wann und wo! Ihr Mädchenzimmer ist mir ein bisschen zu petit. Flur, Wald und Heide.

So ging's mir einmal mit einer Studentin. Weil wir nicht wussten, wohin. Das liegt aber fünfzig Jahre zurück, sagte ich.

Davon hast du mir noch gar nichts erzählt, sagte meine Frau.

Man muss ja nicht alles erzählen. Oder muss ich jetzt zur Beichte? >the simply & purely physical one of free exercise in the open airs!< – Wo sind wir überhaupt?

Nicht weit von Ochtendung, sagte meine Frau. Am besten wir übernachten hier, es ist schon spät.

Das Hotel war wirklich schön. Wir aßen Flammkuchen mit Salat und verteilten uns auf die Zimmer. Ich mit meiner Frau in einem Doppelzimmer, mein Sohn allein. Am nächsten Morgen wanderten wir weiter. Nach Polch brauchten wir dreieinhalb Stunden. Mein Hausarzt wohnte hier.

Seid ihr gleich eingeschlafen? fragte mein Sohn. Ich hab gestern im Bett noch ferngesehen. Die haben hier auch Netflix. Ich hab mir ein Remake von Hitchcocks Rebecca angesehen. Binge-Watching nennt man das. Früher war das Lesesucht.

Mein Gott, sagte meine Frau, auf's Netflixen werd ich mich überhaupt nich einlassen.

Heute heißt das bingen, sagte mein Sohn.

Bingeability, sagte ich.

Was isst deine Freundin am liebsten? fragte meine Frau.

Seeteufel, sagte mein Sohn. Und du? fragte er, an mich gewandt.

Ich auch, log ich.

Veit stand da wie ein Schluck Wasser. Der Mensch taumelt von Situation zu Situation. Das ist das ganze Geheimnis des Lebens.

Unser Gespräch hatte während der Fahrt stattgefunden, und wir waren schon in Münstermaifeld. –Das Eltztal, steil abfallend. Auf einmal steht die Burg Eltz da. – Wenn man auf der Höhe war, konnte man sieben hohe Wohntürme auf der Anhöhe sehen. Mein Vater hatte mich, fast noch als kleines Kind, auf dem Gepäckträger seines Fahrrades bis Moselkern mitgenommen. Wir kauften uns in einer Metzgerei ein Stück Fleischwurst und fuhren mit dem Rad wieder zurück.

Wenigstens 'n Vater, sagte meine Frau. Ich war nicht umsonst in so 'ner Klitsche, wo man einem mit Therapie das Denken austreiben wollte. Mich kotzt alles an.

Du musst in der Welt überleben, sagte ich. Dazu musst du dich verstellen und lügen. (Ah You're learnin' too much now ... / : »Whý too mutch?«; (W). : »Cause it's happ'ning too soon, Wilma : the logicul basis, the broader reas'ning, is still too small ...

Das dreihundertfünfzig Millionen Jahre alte Devonmeer, das sich hier lange vor den Klöstern ausgebreitet hatte. Auch vor den Vulkanausbrüchen. Fossile klopfen. Wir machten es auch. Die letzten Vulkanausbrüche lagen nur zehntausend Jahre zurück. Halb Deutschland war von der Bimsasche zugedeckt worden. Bis nach Rügen. Der Boden des Devonmeeres war ein Gebirge, höher als die Alpen. Meine Frau fand einen versteinerten Seestern. Der Lindwurm unmittelbar am Kircheneingang. Die nackte Eva als teuflische Schlange mit Menschengesicht und Narrenkappe. Man weiß bis heute nicht, wer ihr Schöpfer war.

Wir gehen in das Hotel am See, sagte meine Frau.

Lieber in das neue Restaurant, sagte ich.

Das ist mir zu touristisch, und das von Mönchen!

Wir gingen also ins Klosterhotel und aßen die Forelle. Ich machte mir Notizen.

Wozu? fragte meine Frau.

Für mich selbst, sagte ich.

Ich bin auch untergekrochen, sagte sie. Kennengelernt durch Zufall. Wenn du mir widersprichst, mache ich dich unbeweglich.

Womit? fragte ich.

Mit Sprache, sagte meine Frau. Ein Zeichensystem, das wir auf Dinge anwenden.

(She made a >My?<=face : ? – / –) : our exceptional hero wants them »>costly & so on< not only because they're >expensive< and don't take up so mutch room.

Möglichst viel mitnehmen von dem Zauber, sagte meine Frau, das ist Schreiben!

Katholische Geschäftstüchtigkeit, sagte ich.

Da gab's überhaupt noch keine Konfessionen, sagte Herlinde.

Alle Gottesdienste und Messen auf lateinisch, und wir das dumpfe Volk, erwiderte ich. Der Einheitskirche gehörte ja alles.

Mein Gott, man muss gleich tausend Jahre zurückgehen.

Die Zahl ist ein zu grobes Maß für das Quantum im Unendlichen. Wir haben weder eine private Innenwelt noch eine sogenannte Seele, hat Hermann Schmitz gesagt.

Auf dem Papier, sagte ich.

Mein Sohn sagte: Belohnung und Strafe regulieren die Welt. Dazu brauchen wir dieses Denken nicht. Auf ins Devon!

Mein Gott, wenn wir das könnten, sagte meine Frau.

Wie ist sie denn im Bett, dein Fräulein Schmidt? fragte ich meinen Sohn.

Nichts Tantrisches, sagte er. Über Liebe sagt Hermann Schmitz übrigens in seinen Büchern nichts.

Wir sind hier im Maifeld, sagte ich, wir leben und reden nicht über Hermann Schmitz.

Und Freud? fragte meine Frau.

Spekulation, sagte mein Sohn.

Wir schauen uns noch einmal die Kirche an. Nur die Kapitellzone des Paradieses. Der Teufel dort, der die Sün-

den der Eintretenden auf einer Schriftrolle notiert, gefällt mir am besten.

Du hast sicher 'ne Menge davon begangen.

Klar, antwortete Herlinde. Wozu sind wir sonst da?

Wir übernachteten in Mayen im Alten Fritz.

Der Fernseher in unserem Zimmer war ans Internet
angeschlossen. Wir suchten uns den Titel You aus, etwas über einen Stalker, der von einer Studentin namens
Beck besessen ist. Wir wurden derart in den Seriensog
hineingezogen, dass wir das Teufelszeug bis morgens in
uns hineinsogen. Es war eine langgezogene Geschichte,
mundgerecht verfüttert. Ein Bildschirmfluss, der uns
den gesamten Nachtschlaf gekostet hatte. Was nützte der
Kopf, wenn man den Zuckerstrom einfach in sich hinein-
saugen konnte. Um vier Uhr morgens gingen wir kurz auf
You Tube, dort diskutierten die User über den „Wert"
der Serie. Gegen einen gut ausgedachten Plot konnte
man wenig machen. Es war elektronisches Lagerfeuer.
Mein Sohn wunderte sich, als ich ihm erzählte, dass auf
You Tube über die Serie geredet wurde wie über Goethe.

Die Wanderung um den Laacher See erinnerte mich
an meinen ersten Volkslauf, den ich mit knapp zweiund-
vierzig Minuten hinter mich gebracht hatte. Heute hatte ich schon nach paar Kilometern gehen Muskelkater.
Man kann sich nicht vorstellen, dass die Vulkanausbrüche vor elftausend Jahren den größten Teil des Umlandes
dick mit Glut bedeckt hatten. Die Eifel muss, bis vor ein
paar Jahren, wirklich Abenteuerurlaub gewesen sein. Erst
die Kriminalromane von Jacques Berndorf haben sie be-
kannt gemacht. Die Eifel war romantische Schwermut.

Mit dem Auto fuhren wir ein Stück ins Ahrtal hinein. Im Laufe der Jahrtausende mehrfach geplündert. So

üppig hatten die Römer, die eine Lebenserwartung von dreißig hatten, gehaust?

In der Nacht träumte ich, ich hätte meine Frau verloren. Ich versuchte, in ihr Haus zu gelangen, aber mein Schlüsselbund war weg.

Meine Frau sagte, sie gebe nichts auf Träume. Die Realität sei es, die wir bewältigen müssten. Nichts ließe sich jemals widerlegen. – Meine Frau wäre eine gut bezahlte Sophistin geworden. Ich hatte eigentlich vor, ihr nichts mehr zu erzählen. Die Wahrheit über einen Menschen sieht jämmerlich aus. Wieso soll ich die Welt eines anderen beurteilen, wenn ich die eigene nicht kenne. Selbstbeobachtung sprengt alle Spontanität.

Das hier sind Ferien, die wir auch auf Gran Canaria hätten verbringen können, sagte mein Sohn.

Hier ist es schöner, sagte meine Frau.

Wir wollen dich mal durchleuchten, sagte mein Sohn plötzlich. Wie ich gehört habe, warst du schon zweimal verheiratet, bevor ich dein Ziehsohn wurde.

Einmal sogar mit zweien gleichzeitig, sagte meine Frau. Der andere zählte gar nicht, mit dem war ich auch nicht richtig verheiratet. Er schrieb Werbetexte. Es fiel mir schwer, ihn zu verlassen, denn er war so niedlich. Er war auch kleiner als ich. Wie der Mann vom Mom in dem neuen Roman von John Irving. Spielzeug wollte ich nicht sagen, aber er war schon klein.

Hat er wirklich existiert? fragte mein Sohn.

Er war auch Eifel-Fan, wie dein Vater. Aber wir sind nie hier gewesen. Bei dem spielte sich alles im Kopf ab. Aber der Kopf ist nicht mal die Hälfte des Lebens. Es war fast eine Mutter-Sohn-Beziehung, ungefähr so wie mit dir. Jetzt schreibt er Drehbücher für Serien.

Ich bin jedenfalls über den Algorithmus hinaus, sagte mein Sohn.

Sollen wir noch ein bisschen hierbleiben? fragte ich.

Meine Frau und mein Sohn riefen im Chor: Jaaa!

Es gibt hier Regionen, wo das Klima so mild ist wie in Spanien, sagte meine Frau. Ich wäre hier gern als Baum geboren worden.

Ein bisschen merkwürdig, sagte mein Sohn.

Wir leben nebeneinander und erzählen uns nichts, sagte meine Frau.

KAPITEL 11

Wir wollen jetzt was Fröhliches machen und uns ein neues Ziel aussuchen, rief mein Sohn. Vielleicht in die Nordeifel, wenn euch das nicht zu weit ist, sagte ich.

Da sind wir ja mehr im Auto unterwegs als zu Fuß, sagte meine Frau.

Überall in der ganzen Eifel von Nord bis Süd sind die Römer gewesen.

Schau mich nicht so an, sagte mein Sohn, hässlich, ödipussisch. Ich habe neulich im Garp-Roman von John Irving gelesen, wie ein Vierzehnjähriger mit seiner Tante schläft. Über Jahre. Es muss ganz schön gewesen sein. Jedenfalls ist er vielem entgangen und bewährte sich später besser als seine Freunde.

Meine Frau hatte auch ein paar sublime Kanäle zu mir gegraben. Sie reichten bis in die Zahnwurzeln.

Einundachtzich ist garnix, sagte Herlinde, die auch nicht mehr rapunzelfrisch war. Die Worte kannste immer noch ganz gut drehen. Du hast vielleicht sogar noch Zukunft. Ich hab' jetzt ma genuch von der Eifel. In einer Woche müssen wir wieder zurück. Als hätte sie meine Gedanken erraten.

Kommt gar nicht in Frage, sagte ich, jetzt habe ich mich hier überhaupt erst eingelebt.

Mein Sohn sagte: Mir ist alles egal.

Flucht aus der Zivilisation, Dichterpriester, sagte meine Frau.

Weißt du, was Arno Schmidt in Zettels Traum geschrieben hat: Das Publikum empfindet den klaren Kopf immer als unheimlich.

Vielleicht sollte ich in einen Töpferkurs gehen? sagte Herlinde, da bin ich mit all denen zusammen, die auch aus der Zeit gefallen sind.

Aus der Dauer! sagte ich. Und das Töpfern bringt uns unseren Vorfahren näher.

Du kannst noch so originell sein, die Philosophie zaubersde nicht weg, erwiderte sie. Warum hast du nicht mehr Kinder gewollt?

Dann wird man noch abhängiger, sagte ich, vom Gehalt, vom Kindergarten, von den Schulen, von den Noten der Lehrer, vom Finanzieren des Studiums und am Ende davon, wie die Kinder sich entwickeln. Der Sohn meines Zahnarztes färbte sich mit neun Jahren die Haare blau und geriet in die Punkszene.

Wir mieten uns für den Rest ein Ferienhäuschen, sagte meine Frau.

Dann erzähl ich dir von meiner ersten, sagte ich. Die alles abstritt, was sie dreißig Sekunden vorher gesagt hatte.

Das mache ich auch, wenn es mir unangenehm wird, sagte Herlinde.

Im Alter werden wir alle zu Voyeuren, sagte ich.

Wir fanden ein Ferienhaus ganz in der Nähe. Wir hatten einmal, vor zehn Jahren, eine ähnliche Datsche in Rerik gemietet, ganz in der Nähe des Salzhaffs. Drei Zimmer, Bad und Dusche. Die Vermieter hatten sich ein paar Kilometer landeinwärts ein großes, luxuriöses Haus gebaut. Ganz viele griechische und italienische Restaurants in Rerik. Alle vier Tage frühstückten die Vermieter mit uns. Ich hatte damals versucht, ein Buch zu schreiben. Aber dann hätte ich leben müssen wie Arno Schmidt. Er in der Mansarde, seine Frau in dem kleinen Untergeschoss. Kommunikation durch ein Neckermann-Telefon. Nach fast vier Jahren Sprachlosigkeit war das Buch fertig. Arno Schmidt hatte jede Nacht hindurch geschrieben und dabei jedes Mal mindestens eine ganze Flasche Korn getrunken.

Schriftsteller sind seltsame Typen, sagte Herlinde. Auch Goethe. Heute Nacht habe ich übrigens geträumt, dass Goethe noch lebe.

Das wäre gut für uns alle, sagte mein Sohn.

Fast psychotisch, sagte ich.

Wir wanderten über den tertiären Vulkanismus. Die hohen Basaltfelsen legten Zeugnis ab. Lockten später die Romantiker herbei. Die sahen in den Felsen das Übernatürliche.

Das Maifeld ist nicht das Schauerfeld, sagte mein Sohn.

So habe ich das nicht gemeint, erwiderte ich. Man kann doch ein Problem nicht mit der Normalsprache lösen, die verursacht es ja erst.

Großartig, sagte meine Frau. Mamalady-Style! Um auf die Dichter zurückzukommen: Goethe, Moritz, Handke, Hölderlin. Schiller wollte etwas ganz Anderes.

Es waren Spirituelle, sagte ich. Handke gibt seine Ängste wenigstens zu.

Wir hatten drei Tiefkühlpizzen mitgebracht, taten sie in den Infrarotgrill und setzen uns an den Tisch. Meine

Frau erzählte von ihrem ersten Mann. Der Mann hieß Johannes und war irgendwann einmal lautlos an ihre Seite geglitten. Meine Frau lebte damals in einem kleinen Zimmer bei ihren Eltern. Mit über dreißig.

Ich habe ihm nicht nachgetrauert, sagte sie. Der Zweite war noch affiger. Der hatte angeblich eine Modelagentur. Die jungen Mädchen und Frauen, die für ihn liefen, ernährten sich von in Orangensaft getränkter Watte.

Anders kann man die Figur auch nicht halten, sagte mein Sohn.

Du musst es ja wissen, sagte ich.

Bei meiner zweiten Hochzeit, sagte meine Frau, setzte sich mein erster Mann, den ich eingeladen hatte, dreist neben mich auf den Platz, auf dem eigentlich mein Bräutigam hätte sitzen müssen. Und ohne dass überhaupt Worte gewechselt wurden, sah er seinen Missgriff ein. Ich mochte seine Art, die immer ein bisschen anders als die der anderen Männer gewesen war. Er brachte mich auch ein Stück auf den Boden. Danach lernte ich einen Neukantianer kennen.

Du hast zu viel John Irving gelesen, sagte mein Sohn. Du müsstest die Verstimmungen doch schon lange vorher gemerkt haben.

Ich bin nur einmal in meinem Leben gefördert worden, sagte sie. Beziehungen sind lautlos. Meine Jugend? – Am Rand der Stadt aufgewachsen, in einer Metro-Filiale, die mein Vater leitete. Ich habe meinen Vater nicht einmal in meinem Leben richtig lachen sehen. Wenn er lachte, war das Lachen gewaltsam und ohne die Augen zu erreichen. Wir hatten drei Gärten, meine Mutter kochte, und abends aßen wir unter den Pfirsichbäumen auf dem Rasen. Ich hatte noch einen fast gleichaltrigen Bruder, mit dem wir nach dem Essen die umliegende Gartenlandschaft durchstöberten. Es war ein Leben wie auf einer Insel.

Wir müssen noch putzen, fuhr sie fort, hier ist schon monatelang nicht mehr geputzt worden. Danach setzten wir uns alle an den Küchentisch und sahen in dem kleinen tragbaren Fernseher Sandra Maischberger. Hinter den Wörtern lag das ganze Sagassomeer des Unausgesprochenen, auch die gesamte satzförmige Rede, die dem Gemeinten erst Aktualität gab. Aktualität und sonst nichts.

Ich möchte wissen, mit wem Frau Maischberger lebt, sagte meine Frau. Vor dir, sagte sie zu mir gewandt, habe ich gelebt, wie ich wollte. Aber wenn der andere mich brauchte, war ich da.

Das geht schief, sagte mein Sohn.

Du bist auch nicht MEIN Sohn, erwiderte sie. Ich habe ein paar Leben gelebt. Nebeneinander. Wenn ich gemerkt habe, dass alles zu Ende war, war ich am Ende doch die Stärkere. Niemand hat neben mir her gelebt, der mir Böses wollte. Weißt du, was Goethe in seinem Wilhelm Meister die hübsche Philine sagen lässt:

„Das will ich so natürlich machen," rief sie aus, „wie man in der Geschwindigkeit einen Zweiten heiratet, nachdem man den Ersten ganz außerordentlich geliebt hat. Ich hoffe mir den größten Beifall zu erwerben, und jeder Mann soll wünschen, der dritte zu werden."

Du musst aber hinzufügen, sagte mein Sohn, dass die schöne Aurelie bei diesen Worten ein verdrießliches Gesicht macht.

Du kennst dich aber aus, sagte meine Frau. ICH hätte eigentlich eine ganz andere Mutter gebraucht. Nicht diese ehrgeizige, willensstarke Sportlerin, die mich in der ersten Klasse unter Zwang setzte, diese zu überspringen. Ohne meinen Vater, der ihren Ehrgeiz dämpfte, hätte ich das nicht überstanden.

Das wollen wir uns doch mal genauer ansehen, sagte mein Sohn.

Keine Psychoanalyse, sagte meine Frau. Ich kann die Seele zergliedern, aber wer setzt sie wieder zusammen?

Meine Tanzstundenpartnerin, sagte ich, klemmte die Oberschenkel zusammen. Fünf Jahre später konnte man praktisch jede Frau haben.

Du bist einundachtzich, sagte Herlinde.

Wer mich auf mein Alter anspricht, dem schlage ich mit der Faust ins Gesicht, sagte ich.

Gibt es überhaupt Schriftsteller, die uns die Welt richtig erklären? fragte meine Frau.

Vielleicht Hermann Schmitz, sagte mein Sohn. Ich hätte ihn gern einmal kennengelernt.

Wir blieben in der Nähe von Mendig. Eine Woche in diesem kleinen Wochenendhaus. Wir nutzten die Gelegenheit, die dreihundert Stufen in die Mendiger Basalthöhlen hinabzusteigen. Die Gänge verzahnten sich schlauchartig, kilometerlang. In den Kavernen lagerte heute noch ganz viel Bier. Als wir wieder hinaufgingen, sahen wir die nächste Reisegruppe begehrlich auf die Einfahrt warten.

Ich denke an die Grubenarbeiter, sagte meine Frau, die hatten nur die schweren Hämmer und das bei dem Wetter.

Bist du Kommunistin geworden? fragte mein Sohn.

Kommet bald, sagte meine Frau. Nach den Vulkanausbrüchen gab es keine Klassenunterschiede mehr.

Die romanische Kirche aus dem 13. Jahrhundert. Ganze Wände mit Posaunen und Jüngstem Gericht. Die Seligen werden heimgeführt, die Verdammten über steile Felsen in die Tiefe gerissen. Die Sarazenen, Reiterkämpfe zwischen fliehenden Sarazenen und siegenden Kreuzrittern.

Die waren damals alle katholisch, sagte meine Frau.

Die haben an Glaubensspaltung nicht gedacht, sagte mein Sohn. Lauter Krater da, und der Himmelsbaum der Sterne voller nachtblauer Früchte. Wie das Nachtleben der Seele! Der irische Mystiker Thomas von Traherne hat das gewusst. Voriges Jahr wurde ich von einer Welle der Körperliebe überschwemmt, ausgelebt mit einer viel jüngeren Frau. Heute denke ich nicht mehr daran. Das war auch Mystik!

Wenn man jemandem schaden will, belügt man ihn, sagte meine Frau.

Medizynismus, sagte mein Sohn.

KAPITEL 12

Ich war damals in Süddeutschland, sagte Herlinde. In einem Nest, das nicht so klein war, dass es dort nicht auch ein Nachtleben gegeben hätte. Es gibt viele Lücken in meiner Erinnerung, aber nach und nach kann ich mir doch ein Bild machen. Ich hatte nicht das Bedürfnis, mein Bett mit jedem zu teilen. Beim dritten blieb ich hängen, so wie Philine es in Goethes Roman erzählt hat. Er war reich, aber mit dem Reichtum kommt die Dummheit. So clever sie sich glauben. Es gibt immer Menschen, die man mag, und solche, die man nicht mag. Ein halbes Jahr nach der Heirat merkte ich, dass er zur zweiten Gruppe gehörte. Der zweite, den ich in einer Disco traf, spielte mir eine Komödie vor, lüstern und verlogen. Er hatte mich nach einer Zigarette gefragt, und ich hatte gesagt: Nimm dir eine! – Wo? fragte er. – Direkt vor deiner Nase, sagte ich. Er versuchte mich zu bewachen und das vertrage ich überhaupt nicht. Die Ehe hielt wenigstens ein Jahr. Danach geriet ich an eine Frau, die mir sagte, sie brauche mich, wie die Luft zum Atmen. Seitdem mache ich mir keine Illusionen mehr. Ich zog ins Rheinland und arbeitete als Verkäuferin in einem großen Warenhaus.

Alles, was du erzählt hast, habe ich auch erlebt, sagte ich. Gott sei Dank ging ich an einem bestimmten Samstag in die Galeria, wo du mir diese schöne Uhr verkauftest. Ich hob die Tissot an meinem rechten Handgelenk hoch und zeigte sie allen. Ich war damals auch verheiratet und erzählte deiner Stiefmutter, wie es gerade um mich herum aussah. Sie sagte nur einen Satz. Es war der Satz, der mein Leben veränderte: Du sollst nicht drohen, wenn du nicht fähig bist, deine Drohung wahrzumachen.

Oben war der Golf so aufgeheizt, dass wir von einem Extrem ins andere geraten waren. Ich hatte nicht gewusst, dass in den kleinen Häusern Mendigs die Grubenarbeiter gewohnt hatten.

Wir kauften bei McDonalds an der Autobahn neben Mendig ein paar Burger und Salat. Unmittelbar neben McDonalds stand ein großes Porno-Kaufhaus, das Erdbeermund hieß. Wir warfen einen Blick darauf.

Eigentlich waren deine zwei Ehen ne richtige Boulevardstory, sagte mein Sohn zu Herlinde.

Es gibt Schlimmeres, sagte sie. Wenn ich schreiben könnte, würde ich einen Roman daraus machen.

Wir aßen die McDonald-Sachen, saßen noch eine kleine Weile um den Küchentisch, und jeder ging in sein Zimmer.

Die Toilette gleich hier unten, sagte meine Frau, falls du nachts rausmusst.

So ist das, wenn man einundachtzich ist, sagte ich. Als wir unten im Felsenkeller waren, hatte ich das Gefühl, wir befänden uns einem dieser großen Panoramen, die Edgar Allan Poe in seinen Erzählungen beschreibt.

Widersprich Herlinde nicht, sagte ich zu meinem Sohn, du kriegst sonst 'n Hautgeschwür.

Vor dem Einschlafen sagte ich zu meiner Frau: Leben deine zwei Männer noch?

Ich hab sie weggeputzt, lallte sie, fast schon im Traum.

Wir sind beide Steinböcke, deshalb vertrage ich mich auch mit ihr, dachte ich. Ich stand noch einmal auf, holte mir die Fernsehzeitschrift und las, was dort über den Steinbock stand:

Hindernisse können durch Einfallsreichtum überwunden werden. Dabei gilt es allerdings, völlig gegensätzliche Meinungen unter einen Hut zu bringen.

Passte ganz gut, dachte ich.

Mein Sohn und meine Frau kamen aus einer Ausnahmefamilie.

Am nächsten Tag wanderten wir ans Strohner Maar. Es war vollkommen verlandet, und krönte sich mit einem meterdicken Pflanzenteppich. So würde später auch der Laacher See aussehen.

Die Hotels, bei denen wir anklopften, waren uns zu teuer, und so zogen wir uns zum Essen und Schlafen in unser Cottage zurück. Nach dem Abendessen merkten wir, dass wir in unserem Ferienhaus auch Serien schauen konnten. An diesem Abend lief die letzte Folge, wie es hieß, „eine der gegenwärtigsten und besten Serien unserer Zeit". Im Podcast wurden die üblichen Flickworte eingesetzt: „Konzept, authentisch, Narrativ." Das Wort „emotional" tauchte häufig auf. Es schien, als habe eine neue Verbiegungswelle das Publikum ergriffen. Dabei hatten die Philosophen schon mit der sogenannten „normalen" Wirklichkeit größte Mühe. Mir fiel ein, dass auch das Wort „kontingent" oft gebraucht wurde.

Meine Frau sagte, jede Zeit habe ihre Phasen, hier aber hätten wir es mit Wirklichkeitsverbiegung zu tun. Die Serien, zweimal zehn Stunden hintereinander ohne Pause verschlungen, führten wirklich in die Bulimie.

In der Literatur gibt es dieses Phänomen schon seit Jahrhunderten, sagte ich. Goethes Schwager Christian

August Vulpius streamte ganze Räuberromane in Druckbuchstaben. Er verkaufte das Zehnfache von Goethe.

Hat Goethe seine Nachhaltigkeit etwas genützt? fragte meine Frau. Als nach dem Ersten Weltkrieg der Cotta-Verlag geöffnet wurde, fand sich dort noch fast die gesamte Auflage der Wahlverwandtschaften.

Den Massengeschmack werden wir nie beeinflussen können, sagte ich.

Mein Sohn sagte: Ich verstand den Herrn der Ringe auch nicht. Ich verstand nicht einmal, dass meine Altersgenossen das lasen.

Ein Publikum, das die Sachen bezahlt, muss es geben, sagte meine Frau.

Vielleicht die Heinzelmännchen, sagte mein Sohn.

Jeder andere Mensch in deiner Nähe beeinflusst dich, sagte ich. Du weißt, was er denkt, fühlt und wie er dich beurteilt.

Eigentlich trennt man sich nie, sagte meine Frau.

Hast du dir mal die Gesichter angesehen? Kein Gesicht ohne Schönung. In den Psychiatrien sitzen ne Menge Mädchen. Man hat auch einen Fachausdruck dafür: „Snapchat Dysmorphia".

Ich hab auch ne Dysmorphie, sagte meine Frau, das ist meine Individualität. Ich bin einmalig.

Stimmt, sagte ich.

Im alten Bahnhof in Polch (einem Restaurant) hatte mein Sohn, als er vor dem Kiosk stand (der den Kaffee ausgab) eine junge Schwedin angebaggert, ohne dass wir es gemerkt hatten. Er erzählte auch gleich, dass er seinen schwedischen Freund Ingemar, den er im Studium kennengelernt hatte, ein paar Mal in Schweden besucht hatte. Ingemar, dessen beide Eltern Zahnärzte waren, hatte ihn oft in das schwedische Sommerhaus seiner Eltern eingeladen und zum Segeln mitgenommen. Sie waren mit dem großen Segelboot seiner Eltern durch die Skärgudden gesegelt, wo man jeden Tag ein neues Schärenpanorama erblicken konnte. Abends hatten sie sich auf dem Spritkocher im Boot Fleischklopse (Köttbullar) warmgemacht. Die schwedischen Frauen waren zugänglicher als die deutschen. Wenn aber ein Mann nicht wusste, wie man mit einer Frau umging, ließen sie ihn fallen. Man spielte viel Tennis, und eines Abends fuhr die Gesellschaft mit einer kleinen, wackligen Jolle auf eine Insel, wo die jungen Leute nichts anderes taten, als herumzuliegen und zu trinken. Spanischen Weißwein. Ein einsamer Don Quichote klimperte auf seiner Gitarre. Mein Sohn wurde überall für einen Schweden gehalten, weil er Schwedisch sprach.

Die junge Frau, die er gleich mit an unseren Tisch brachte, war keine blonde, sondern eine brünette Schwedin. Bei einem solchen Kennenlernen wusste man niemals, wer den anderen zuerst angeblinzelt hatte. Jedenfalls gesellte sich das Mädchen zu uns, und wir blieben den ganzen Tag zusammen. Sie schloss sich uns an, weil sie noch eine ganze Woche Zeit hatte, und übernachtete auch bei uns im Cottage.

Jetzt sind wir 'n Quartett, habe ich zu meinem Sohn gesagt, als er kurz nach Mitternacht in ihrem Zimmer verschwand. Am Morgen saßen die beiden ziemlich ausgeruht bei uns am Frühstückstisch. Gunilla sagte während des Frühstücks ganz beiläufig, sie sei ein svenska flicka. Also ein schwedisches Mädchen. Hatte irgendjemand etwas anderes erwartet? Ihr gefiel die Eifel und sie verglich manches mit Schweden. Solche Vulkankegel gab es in den Schären nicht. Dafür konnte man dort aber ein ganzes Leben lang segeln und jeden Tag eine neue Landschaft bewundern. Das Mädchen lud uns ein, einmal ein paar Wochen auf dem Sommerstuga ihrer Eltern zu verbringen.

Nächstes Jahr bestimmt, sagte meine Frau, die sich mit dem Mädchen auf den ersten Blick verstand. Sie versuchte, das Mädchen von meinem Sohn wegzuziehen, und der bekam böse Augen. Schließlich sonderte sich das Paar ab und verbrachte den Nachmittag in der Umgebung. Sie ließen uns den Golf und mieteten sich ein Motorrad. Es war wunderbar anzusehen, wie Veit mit der brünetten schwedischen Hexe auf dem Sozius davonbrauste. Sie waren eine Zweiheit in der Einheit und eins mit ihrem Motorrad geworden. In Gunillas Blick hatte ein Sog gelegen. Allein ihr Händedruck hatte sie uns nahegebracht.

Hast du schon mal in den neuen John Irving reingeguckt, fragte meine Frau, als die beiden Motorradzentauren abgeschwirrt waren.

Drin rumgeblättert, sagte ich. Da fand ich, ungefähr in der Mitte, einen Satz von diesem Österreicher. Der Satz sagte dem Sinn nach, dass jedes menschliche Wollen durch ein anderes Wollen geändert werden könne. Es muss eine Rede vor dem Düsseldorfer Industrieclub gewesen sein.

Musik in deren Ohren! rief meine Frau.

Warum zitiert man so etwas überhaupt?

Am Abend waren die beiden Zentauren noch nicht zurück. Sie waren zum Nürburgring gefahren und hatten die acht Kilometer lange, nicht mehr benutzte Südschleife, zwei- oder dreimal umrundet. Der Helm meines Sohnes war voller Mücken, als sie wiederkamen. Der von Gunilla auch.

Meine Frau sagte: Na, ihr beiden! – Da wusste ich, dass meine Frau sich nie von mir trennen würde. – Nie!

Als ich ihr das sagte, erwiderte sie: Du bist wie die Gefesselten in Platons Höhlengleichnis. Entfessele dich und blicke in die Sonne. Draußen hatte sich eine Dohle auf eine Baumwurzel gesetzt und blickte vor sich hin. Langsam sammelten wir uns um den Küchentisch, denn meine Frau hatte einen in Mendig gekauften Spießbraten in den winzigen Herd gesteckt, und wie man roch, schien er fertig zu sein.

Hast du noch Kontakt zu deinen alten Ehemännern? fragte ich meine Frau.

Man fühlt sich jedem, mit dem man zusammen war, zugehörig, erwiderte sie.

Wir machten uns über den Braten her. Es gab dicke Scheiben Weißbrot von der nahen Bäckerei. Gunilla aß am meisten. Sie hatte heute auf dem Sozius des Motorrads wahrscheinlich die meiste Kraft verbraucht.

Als ich sagte: Gut gekocht, erwiderte meine Frau: Es ärgert mich, dass die Welt so ist. Hier die Frauen, da die Männer und nichts Richtiges dazwischen.

Du bist mir trotz allem ein bisschen fremd, sagte ich.

Das Gespräch drehte sich um das vierte Buch von Zettels Traum. Arno Schmidt hat es Die Geste des großen Pun überschrieben. Die vier Protagonisten trinken einen Zaubertrank, vielleicht auch Schnaps, die Badenden im Wasser werden zu Schiffen, Paul und Dan wandeln als Matrosen um den Teich. Der Teich, in dem Arno Schmidts Frau Alice täglich geschwommen ist. Nur Franziskas frühreife Klassenkameradin Christa fehlte, die im Roman Dan in Versuchung führen sollte. Dafür hatten wir Gunilla, die nichts Frühreifes hatte, eine starke, selbstbewusste Schwedin. Wie in Schweden die Frauen waren, hatte ich bei jedem meiner Besuche erlebt.

KAPITEL 13

In der Nacht hatten Gunilla und Veit miteinander geschlafen, so dass wir davon aufgewacht waren. Meine Frau war auch kein Engel, und ich fühlte mich (nicht jeden Tag) ein bisschen alt. – Was machte er jetzt mit ihr? Sie glubschte und tuckerte. Ob sie ihre ganz unledrig glänzenden spitzen Lackschuhe anhatte? Ich wusste, wie schwedische Mädchen waren. Meine Frau und ich kamen sich beim Zuhören vor wie Kinder. – Gunilla fing an zu schnurren. Sie machte sich offenbar über uns lustig. Alle wussten doch, wie hellhörig das Cottage war. Das war unzweifelhaft eine Botschaft: Steht auf und macht mit! – Wir schafften es nicht, und das Geschnurre ging von Neuem los – wahrscheinlich alles tantrisch, ich hatte mit meinem Sohn nie darüber geredet. Irgendwann schien wohl Schluss zu sein. Wir merkten es daran, dass wir einschliefen. Am nächsten Morgen sahen wir alle aus, als hätten wir besonders gut geschlafen.

Jeder Mensch bleibt einsam durch seine Subjektivität, sagte Gunilla. Wirkliche Gemeinsamkeit ist nur die mehrstimmige Musik. Liebe ist Mitfühlen. Ich fragte mich, ob das auch für die vergangene Nacht gegolten hatte. Schon mein Zweifel war leises Erschrecken. Gott und die Seligkeit kamen für Gunilla nicht in Frage.

Meine Frau schrie: Wenn ich nur wie Genoveva leben könnte und die Tiere sich auch an mich herandrängten, um mit mir zu kuscheln.

Das liegt doch tausend Jahre zurück, sagte mein Sohn.

Wir wären auch gerne Tiere gewesen. Ich Hirsch, ziemlich feist und wahrscheinlich Zwölfender, Veit ein Eber, Gunilla eine Waldnymphe und Herlinde eine große, rosarote Kuh. – Die Eifel mit ihren vielen romanischen, gotischen und barocken Kirche war eigentlich wie dafür geschaffen.

Kennst du Jean Pauls Siebenkäs? fragte ich meine Frau. Darin steht die Rede des toten Christus vom Weltgebäude herab, dass kein Gott sei?

Nietzsche hat Jean Paul einen Spießer genannt, ein Verhängnis im Schlafrock!

Das glaube ich nie, sagte ich.

Die Pellenz haben wir noch nicht gesehen, sagte meine Frau.

Nix wie hin, sagte Gunilla, die auch schon ein bisschen Dialekt konnte.

Die Pellenz ist eine geschwungene Ebene, ab und zu ein Vulkankegel. Die Bimsindustrie hat die Landschaft zerstört. Man fühlt sich wie in der Wüste Gobi, nur ein bisschen besiedelter. Die Gegend war damals meterhoch verschüttet worden.

Bauern und Mönche ganz früh, sagte ich. Die Besatzungen haben die Landschaft geprägt. Das Land versank im Elend. Die Eifel war bis vor wenigen Jahren das Armenhaus Deutschlands.

Wie Ostpreußen, sagte Herlinde.

Goethe war auch mal in Maria Laach, rief Gunilla, es ist auf einer Steintafel an der Wand eingeritzt.

Über Goethe könnte ich euch viel sagen, sagte ich.

Hat er sich zwölf Jahre lang verstellt mit dieser Frau? fragte Gunilla. Stell dir vor, er hätte die Stein nach Italien mitgenommen!

Hätte er beinahe auch. Hat er ihr jedenfalls vorgespielt.

Er muss aber gewirkt haben, sagte Gunilla, denn Charlotte von Stein schreibt in einem ihrer Briefe von Goethes interessanter Gestalt. – Und der alte Goethe? – Der Werther war ehrlich. Was danach kam, war Wortkunst.

Die Realität ist in uns und nicht im Buch, sagte meine Frau. Wahrscheinlich ist draußen alles noch ungeordneter als im Traum. Wie Goethe am Musenhof!

War er nicht mal Rechtsanwalt? fragte Gunilla.

Ich habe einen Bruder, der auch Rechtsanwalt ist und dessen Studium ich aus nächster Nähe mitbekommen habe. Ich weiß, dass der Weg zum Urteil über die Begriffswelt führt. Dazu hatte Goethe keine Lust. Die paar Rechtsfälle hat sein Vater gemacht.

Du lenkst ab, sagte meine Frau.

Goethe muss die Adelsgesellschaft sattgehabt haben, sagte Gunilla. Er hatte Charlottes Kanarienvögel satt und ihren Spitz Lulu.

Weißt du, was Stanislaus Joyce in sein Dubliner Tagebuch geschrieben hat? Seit meinem sechzehnten oder siebzehnten Lebensjahr habe ich praktisch nichts anderes getan, als die Lügen, die man mir beigebracht hat, systematisch wieder zu verlernen. Nichts anderes hat Goethe sein ganzes Leben lang getan.

Goethe ist aus dem Begriffskäfig herausgekommen, sagte meine Frau. Als Schriftsteller verkauft man auch

Texte, die nicht immer gut sind. Mein Gott, selbst Goethe war über ein Jahrzehnt vergessen.

Goethe, Goethe, Goethe, rief Gunilla, warum zur Abwechslung nicht einmal Schiller?

Mein Gott, wenn der die Lengefeld nicht gehabt hätte, sagte meine Frau.

Schiller ist Schiller, sagte ich. Da argumentiere ich überhaupt nicht und sage kein Wort mehr, wenn ihr so dumm daherredet.

Was war mit Charlotte von Lengefeld? fragte meine Frau. Wie haben die damals verhütet?

Steht alles bei Casanova.

Die Lengefeld war doch vorher mit einem Engländer zusammen.

Auch mit Knebel, sagte ich. Der warb um sie. Der Engländer hieß Heron, Henry Heron. Charlotte von Lengefeld war aber auch eng an Goethe attachiert, schon als Fünfzehnjährige. Als die Familie für ein Jahr in die Schweiz ging, schrieb Goethe ihr einen Empfehlungsbrief an Lavater.

Da wurde bestimmt magnetisiert, sagte meine Frau. Geld spielte keine Rolle. Schiller hatte nichts. Erst als der Weimarer Herzog ihm zweihundert Taler Gehalt gab, willigte Frau von Lengefeld in Schillers Heirat mit ihrer Tochter ein. Schiller hatte die bürgerliche Ehe gewollt.

Schiller und Charlotte heirateten heimlich in einer kleinen Kirche bei Jena. Nur die Mutter der Braut war anwesend und die zwei Trauzeugen, sagte ich.

Ich möchte auch heiraten, sagte Gunilla.

Wen denn? fragte ich.

Natürlich Veit, erwiderte sie. Unbedingt einen Deutschen.

Charlotte von Lengefeld wird schon lange die Fühler nach Schiller ausgestreckt haben, sagte meine Frau.

Die Ehe wurde glücklich, sagte ich, was immer man sagen mag. Vier Kinder, die alle was geworden sind.

Über Kinder lässt sich nicht streiten, sagte Gunilla.

Und dann heirateten Veit und Gunilla. In der Fraukirch bei Thür, weil diese Kirche ihnen von Anfang an gefallen hatte. Wir waren jetzt zu viert, und mein Sohn fühlte sich nicht mehr wie das fünfte Rad am Wagen. Gunilla brachte schwedischen Gleichmut und Toleranz in unsere Viererverwandtschaft. Wir entdeckten, dass Gunilla klaute.

Kleptomanin, sagte mein Sohn.

Sie klaut einfach gerne, sagte ich. Was ist da Schlimmes dran?

Sie bekommt alles, was sie will, sagte mein Sohn. Sie klaut es aber lieber.

Es gab in unserem Cottage eine schöne, große, weiße Porzellankanne mit silbern eingelegten Kranichen. Eines Tages war sie weg.

Konnte man Gunilla etwas übelnehmen?

Sie hatte die Kanne in einem Pfandhaus in Mayen versetzt. Später erzählte sie uns, sie habe zweihundert Euro dafür bekommen. Und was hast du mit den zweihundert Euro gemacht? fragte ich.

Ich hab mir 'ne Sommerjacke gekauft, sagte sie. Eigentlich ein leichtes Kostüm, mit bunten Vögeln drauf.

KAPITEL 14

n Maischoss quartierten wir uns bei einer Frau ein, die wir Angela nennen durften und die eine Ferienwohnung vermietete. Sie war fünfzig, eine Frau vom altdeutschen Typ, attraktiv, vertrauenswürdig, sich dem Weinbau widmend. Sie hatte eine große, gefleckte deutsche Dogge, mit der sich ihr Sohn Leopold, Medizinstudent im nahen Bonn, gerne beschäftigte. Der Sohn sagte: Der Hund weiß nichts von seinen Kräften. Während er das riesige Tier wie ein Kuscheltier im Zimmer hin und her schob. Leopold hatte eine enge Beziehung zu seiner Mutter, die er auch beim Vornamen nannte.

Wandert doch mal nach Ahrweiler, sagte Leopold.

Man denkt, das kracht gleich runter, sagte mein Sohn, auf die Felsen.

Wir fuhren durchs Ahrtal. Senkrechte Wände und Schluchten. Der Rotweinwanderweg! – Schönes Wort! Unter uns das Ahrtal, mit Obstbäumen, Gärten und Kornfeldern. Felsen und Fluss, miteinander verschlungen in ein Labyrinth. Der Himmel war blau ziseliert und darunter die Bergklötze.

Die Kunst besteht aus Bildern, sagte meine Frau und blickte unaussprechlich gedankenlos in die grünblaue Weite. Mein Sohn machte ein ausgezacktes Gesicht. Schlingfingrig grabschte Gunilla sich das Fernglas. Hoffentlich latschte sie nicht wie blind durch die Gegend. Auch selbstbegehrte Fesseln drücken allmählich. Im Vergleich mit dem Katholizismus klingt Kommunismus immer noch wie Freiheit, sagt Arno Schmidt. Meine Frau spielte Schach wie Philidor, der beste Schachspieler des 18. Jahrhunderts. Verteidigte sich verbissen mit ihren Bauern und gewann, ich weiß nicht wie.

Das Geheimnis Herlindes, sagte mein Sohn, ist: andere schwächen!

Niemals, sagte meine Frau. Wenn die anderen so dumm sind. Der amerikanische Frohsinn ist sowieso vorbei. Schau dir nur die Fernsehprogramme an. Im übrigen haben die meisten jungen Menschen mit dreizehn, vierzehn alles raus. Wozu braucht es da noch Erziehung?

Eigentlich darf man sich gar nicht in deine Nähe begeben, sagte ich.

Doch, sagte sie. Sie hatte eine starke Aura.

Sind Begriffe Halbdinge? fragte sie.

Sobald man einen Begriff ausspricht, sagte ich.

Wir spazierten durch den Ort, und als wir uns abends in Dan's Cottage einfanden, fehlte unsere Schwedin. Sie war weg. Sie hatte sich bisher als Muster an Pünktlichkeit erwiesen. Wir maßen einander mit Blicken. Warum sollte sich in der Eifel eine Entführung ereignen?

Vielleicht hat sie sich verlaufen, sagte meine Frau.

Nie! antwortete mein Sohn.

Hattet ihr Streit? fragte ich.

Nicht, dass ich wüsste.

Hat in eurer Beziehung etwas nicht gestimmt?

Tatsächlich fühle ich mich ein bisschen komisch, sagte mein Sohn.

Wir suchen die Umgebung ab. Hast du sie vielleicht übersehen?

Aber gleich abhauen, sagte meine Frau.

Uns blieb nichts anderes übrig, als die Gegend noch einmal abzufahren. Vielleicht lag Gunilla in einem Heuschober und war eingeschlafen. Gunilla konnte überall schlafen.

In Bürresheim fanden wir sie. Sie hatte ins Schloss gewollt, das war aber schon geschlossen. Wir wussten nicht, wie sie dorthin gekommen war. Sie war getrampt. Konnte man niemanden aus unserer Viererbande mal allein lassen? Alle mussten sich von dem ausgestandenen Schreck erholen. Bis auf Gunilla, die ungemein freundlich war und unsere Aufregung nicht verstand.

Mensch, war das ein Abenteuer, sagte meine Frau. Mein Sohn sagte nichts. In der Nacht schnurrte Gunilla wieder, als hätte es ihr Verschwinden nie gegeben.

Ich möchte auf jeden Fall noch nach Trier, sagte mein Sohn am nächsten Morgen. Wie die Kirche den römischen Besitz und dessen Kulturdenkmäler an sich gebracht hat.

Sie hat mehr als tausend Jahre dazu gebraucht, sagte ich.

Gunilla sagte: Ich möchte die Stadt auch sehen.

Mensch, haben die hier gebadet, sagte sie, als wir in Trier die Kaiserthermen besichtigten. So etwas gibt es in Schweden nicht. Nicht einmal vor tausend Jahren.

Fast zweitausend, sagte mein Sohn.

Wir brauchten Tage, um nur einen Blick auf die zahlreichen römischen Fundstellen zu werfen. Die Porta Nigra fotografierten wir. Das berühmte Ferchweiler Plateau! Die Menschen damals mussten ungeheuer abergläubisch gewesen sein. Na ja, Glaube war auch nichts anderes.

Die haben geräuchert, gezaubert und Menschen geopfert, sagte Veit. Das hier war der Verbrennungsplatz.

Meine Frau fiel gleich in eines der Kiesgräber und versuchte etwas auszugraben.

Was ist eigentlich Bronze? fragte Gunilla.

Sechzig Prozent Kupfer, der Rest Zink, Aluminium und Blei, sagte mein Sohn. Ne knappe Periode zwischen Stein- und Eisenzeit.

Schön lange her, sagte Gunilla. Ich bin hier die Gräfin.

Du bist gar keine Schwedin, sagte mein Sohn.

Einige Zeit bin ich schon in Deutschland, erwiderte sie.

Der Abend im Hotel blieb ein Tempel des stummen Fernsehens. Ich hörte entschlossen weg. Über die Gegend hier sollte man einen Fernsehfilm drehen.

Ich kann nur dich in meiner Nähe ertragen, flüsterte ich Herlinde vor dem Einschlafen zu. Am Ende flüchten wir in das normale Leben: zu TV, Spielshows, Fast-Food, Auto und Familie. Mein Sohn liebte Gunilla. Wenn wir Geld hätten, wäre es besser.

Am nächsten Morgen hatte ich diese Gedanken wieder vergessen. Wir aßen zu Mittag in einem Restaurant, wo es römische Gerichte gab. Wie würzlos der gekochte Lauch und die römischen Panini schmeckten. Mein Gott, wer hatte die Würzorgie nach Europa gebracht? Das war überhaupt kein Brot, das war Weltraumfutter. Trier war eine kleine Großstadt mit angenehmem Klima. Wir verbrachten den halben Tag mit Shopping, und jeder hatte sich etwas Kleines gekauft. Mein Sohn würde vielleicht mit Gunilla nach Schweden gehen.

Einige Jahre später hatten meine Frau und ich es geschafft, noch zusammen zu sein. – Mein Sohn und Gunilla wohnten in Ehrenbreitstein, wo sich 1774 Goethe und Lavater im Magnetisieren versucht hatten, die Lahn heruntergefahren waren und in einem Zimmer geschlafen hatten. Sie waren Freunde geworden und hatten, zusammen mit Johann Friedrich Rock und den anderen Inspirierten, die gesamte literarische Tradition ausgelöscht. – Dann hatte Goethe diese Chance in Weimar bekommen und war ein anderer geworden. – Mein Sohn war gerade dabei, sich mit Jane Austen zu beschäftigen. Er hatte eine Agentur für literarische Handschriften gegründet. Gunilla half ihm.

Ich war jetzt etwas älter, meine Frau nicht minder, und wir vertrugen uns. Wir fühlten uns wohl am Rand von Alt-Muhl. Ich hatte tatsächlich wieder angefangen zu schreiben. – Einige warteten schon auf das Ergebnis.

Das Shakespeare-Motto in Zettels Traum! – Im zweiten Semester bekam ich von meinen Eltern zu Weihnachten eine Shakespeare-Ausgabe in zwei Bänden geschenkt. Ich hatte sie in meinem kleinen, kalten Studentenzimmer bei der Familie Düsterberg in der Bonner Vorstadt gelesen und war begeistert. – Herlinde: Sie war auf eine besondere Weise intelligent. Zwischen uns hatte sich ein Berührungsfaden gesponnen, den ich aufnehmen konnte, wenn ich in ihre Welt eintauchte. Die war supernatural.

Auch mein Sohn hatte während der Eifelwanderung etwas aufgeschrieben. Wie er mir sagte, war es eine Voltaire-Parodie, die sich mit Europa beschäftigte. Ein bisschen auch Science-Fiction. Mein Sohn musste es in einem Zug heruntergeschrieben und sich dabei ein paar Bier gegönnt haben. In der Truhe in unserem Cottage in der Eifel hatte ich die beschriebenen Blätter gefunden, die ich irgendwann einmal mitteilen werde. Ich weiß nicht, ob ich etwas davon verstehe. Aber ich glaube, mein Sohn hat seinen Anarchismus inzwischen überwunden. Er hat eine Manuskriptagentur aufgebaut, und man hat ihm die Handschrift eines unveröffentlichten Jane-Austen-Romans zugespielt. – Wenn sie echt ist, brauchen er und Gunilla nicht mehr zu arbeiten. Gunilla fuhr zu den Archiven, denn Dichterhandschriften bekam man nicht durch Zufall. – Das Schönste war eine Stifter-Handschrift gewesen, die sie entziffert und selbst publiziert hatten. Es gab in Deutschland nur noch zwei ähnliche Agenturen, und sie hatten beide Freude an der Unmittelbarkeit jeder Handschrift. Nach nach einem Jahr konnten sie sich vergrößern. Ab und zu konsutlierten sie jetzt auch einen Experten.

Sie mochten ihren Beruf, Ehrenbreitstein und hatten so schnell nicht vor, hier wegzuziehen.

KAPITEL 15

Veit Behring erzählt: Bei der Dichtung wollte ich bleiben, schon allein wegen meinem Vater. Man hatte mir ein Jane-Austen-Manuskript zugespielt. – Vielleicht ergab eine Papieranalyse etwas. Ich war mir ziemlich sicher, dass es eine Fälschung war. Aber meine Agentur! – Sie wäre durch eine echte Handschrift unglaublich aufgewertet worden und würde an Renommee hinzugewinnen.

Im Hintergrund stand die Angst eines jeden Literaturhaus-Lektors. Wahrscheinlich blieb mir nichts anderes übrig, als an der Wertschraube zu drehen! – Ich hatte schon öfter Dichterhandschriften geprüft. Wissentlich noch nie mit Fälscherware zu tun gehabt. – Irgendjemand hatte es für nötig gehalten, mir Fotokopien mit Austen-Zeilen aus dem Manuskript zuzuschicken.

Jane Austens Romane kenne ich gut. Ihr Stil war Vorbild für Chandlers Krimiromane. – In Bath war ich auch schon gewesen und verfolgte auf der Karte noch einmal die verschlungenen Wege der Heldin meines Manuskripts. – Ich erinnerte mich an meinen Besuch in Bath Abbey vor Zeiten und an die heilkräftige Thermalquelle, die dort seit Urzeiten aus dem Boden sprudelte und an der sich die sogenannte gute Gesellschaft der damaligen Zeit sammelte. Die Stadt war schon immer Mittelpunkt des englischen Badelebens gewesen, obwohl es bis zur Küste noch ein Stück war.

Ich beschloss, mit meinem Freund Evon, einem Engländer und Immobilienmakler, über meine Zweifel zu sprechen.

Er sagte: Ich komme heute Abend zu dir zum Essen!

Ich vermochte den ganzen Abend nicht, über die Sache zu sprechen. Ich erzählte ihm nur meine Träume. Dann sprachen wir darüber, ob Marie Bonaparte ein Buch über Jane Austen geschrieben hätte.

Ich versuchte, meinen Traum wieder in mein Gedächtnis zu bringen. Während ich den Traum zu erinnern suchte, entglitt er mir. Ich musste in dem Traum einen dunklen Angriff mit dunklen Mitteln abgewehrt haben. – Evon sagte: Mit sechzig bekommt man keine Psychose mehr. – Im Traum sah ich eine Seite des handschriftlichen Manuskripts von Jane Austen, in ihrer hübschen, fliegenden vorwärtsbewegenden Schrift mit einem Gänsekiel aufs Papier gebracht. – Ich werde herausfinden, ob das Manuskript echt ist. – In den mit dem Gänsekiel handgeschriebenen Zeilen fand ich den Satz: Ich bin verrückt nach ihm! Die kennen mich nicht!

Die Heldin ging in einen Badekarren und setzte sich auf eine Lattenbank. Es gab ein paar Fächer für die Kleider, aber die waren alle verschlossen. – Der Geruch! – Sollte sie nicht doch ins Wasser gehen? – Sie zog ihre Badesachen aus und schlüpfte wieder in ihre Kleider. Kein Schwimmen mehr! – Jedenfalls nicht in diesem Jahr! Sie fragte sich, wieso man so große Angst vor Napoleon hatte haben können. Man konnte nur mit Gewalt und Zusammenhalt gegen diesen kleinen Machtmenschen gewinnen. Literatur war etwas Vergangenes. Auch Napoleon. Aber was heute politisch da war, wirkte wie im Traum – unter veränderten Umständen!

Sehen wir doch Janes beiden beste Selbsterkenntnis-Romane an, sagte Evon, Lady Susan und Kloster Northanger! – Das Spiel von Eroberung und Verführung. Ich hatte einen der wenigen, damals verbreiteten, Kupferstiche von Jane Austen gesehen. Da saß diese schmale Frau in der Sofaecke und beobachtete. Was soll ich mit einer Frau, die nicht den Arsch bewegen kann, sagte Evon.

Gunilla brachte ein gebratenes Hähnchen.

Sie hatte dem Hähnchen eine weiße Papierkrause verpasst, und ich zerschnitt das braune Ding, das wie eine Gans aussah mit der Geflügelschere in drei Teile. Evon wollte nur Brust, und ich wollte die Schenkel. Wir hatten auch gelbe, mehlige Kartoffeln, Salat und den Wein von Schwaab. Die Flügel, die übriggeblieben waren, schmeckten Evon nicht, und so aß er eine Menge Kartoffeln. Das Gespräch kam auf Klaus Wiegerling und sein Buch über die Erzählbarkeit der Welt. Der Aufsatz über Foucault war gut. Wiegerling hatte die wesentlichen Gedanken aus den Texten Foucaults herausgefiltert und auf einen Nenner gebracht. Ich verstand Jane Austen jetzt besser. Wiegerlings Buch war klar, seine Aufforderung nicht zu überhören. – Man brauchte Meditation! – Genauso wie Marathon, Säfte, Alkohol oder andere kurze Fluchten aus der Wirklichkeit. Natürlich keine Drogen. Ohne ein bisschen Versenkung konnte man das Leben nicht bestehen. Auch Goethe hatte es gezeigt. Eigentlich waren die Hauptgedanken in dem kleinen Bändchen Wiegerlings, das er mir gewidmet hatte, auch meine. Jetzt verstand ich Foucaults Vorschläge. Seine Nähe zu Gewalt und Gefängnis hatten ihn mir immer ferngehalten. – War Hildegard von Bingen verrückt, besessen oder eine Geistheilerin gewesen?

Die Plots in Austens Romanen sind von Geheimdiensten ausgedacht.

Wenn ich mich mit Geheimdienstdenken auseinandersetzen muss, bin ich von vornerein verloren!

Die beste Vorbeugung gegen Geheimdienstdenken ist ähnlich zu denken, sagte Evon.

Führte Jane Austen Tagebuch? – Vielleicht konnte ich selbst Literatur aus der Handschrift machen! Mich überkam ein komischer Ehrgeiz. – Zeigen, was ich konnte.

Da ist wieder eine Aufklärerin am Werk! hatte Gunilla gesagt, als ich ihr Jane Austen und ihr Leben erzählte.

Ich erzählte, wie ich letzte Nacht um zwei aufgewacht war und meinen seltsamen Traum aufgeschrieben hatte! – Ich war erschrocken darüber, wie mein Freund mich nach meiner Traumerzählung anschaute. – Es gab nur ein wirklich ähnliches Aquarell von Jane, das ihre Schwester Cassandra getuscht hatte. Dann wurde dieses Bild abgemalt und im Laufe der Zeit geschönt. Ihren Zorn und ihre Bitterkeit hatten keiner der Künstler wegtuschen können. Ihre vollen Hamsterbacken, wenn sie sich aufregte und in den Spiegel schaute. – Ihre Körperbedürfnisse musste sie trotzdem ausgelebt haben. – Mit ihren Heiratskandidaten oder mit ihren Freundinnen? Eine Frau, die unter Zwang stand, ihr Leben lang „vernünftig" zu sein. Vielleicht hätte sie gerne geheiratet. Am liebsten einen Kranken, Begabten, so wie Charlotte von Lengefeld den kranken Schiller geheiratet hatte. Als sich Janes Bücher gut verkauften, sollten ihre Fähigkeiten dem Familieneinkommen dienstbar gemacht werden. Ihr Vater übte Druck aus, damit sie weiterschrieb. In der gleichen Zeit, in der Jane ihre emanzipatorischen Romane schrieb, schrieb Goethe in Weimar seine klassischen Dramen für den Hof.

KAPITEL 16

Gunilla und ich beschlossen nach Bath zu reisen, um Janes Atmosphäre zu schnuppern. Bath empfing uns wie eine Märchenstadt. Jane Austen war mit den Tugenden ihrer Heldinnen, die in Bath kurten, spielerisch umgegangen. Sie hatte keine Lust gehabt, den ganzen Tag nur hübsch angezogen auf dem Sofa zu sitzen.

Wir mieteten uns in einer kleinen Herberge in der Bennett-Street ein, ganz in der Nähe von The Circus. – Ich mochte den Linksverkehr nicht (mein Vater hatte ihn noch in Schweden erlebt) – den Leihwagen gleich ins Parkhaus! Autofahren in England war für jemand, der an Rechtsverkehr gewöhnt war, lebensgefährlich. Es waren auch hübsche Entfernungen, und das in einer Postkutsche oder Chaise. Durchgerumpelt, unter den breitrandigen Hüten. Gunilla hatte unbedingt noch zu den Isles of Scilly, zum Wracktauchen gewollt (es lagen dort ca. achthundert Wracks dicht unter der See).

Ich stellte mir die Bälle in den riesigen Räumen vor, besonders im Pumproom, wo die jungen Frauen in den halbdurchsichtigen Regencykleidern, die unter der Brust geschnürt waren, mit ihren Kavalieren herumwieselten. In den Plänen, die an den Wänden hingen, gab es Skizzen von Grundrissen der großen, riesigen Räume. Jane (wenn sie es tatsächlich war) schreibt in ihrem Skript, wie verloren sie sich darin vorgekommen war. Janes erster Ferienaufenthalt an der See in Sidmouth in Devon

1801. Natürlich war heute viel modernisiert, aber man konnte sich doch vorstellen, wie die Landschaft mit ihren dünenartigen Halbfelsen ausgesehen hatte. Ab und zu ein Fischerboot auf den Stand gesetzt, damit es nicht weggespült wurde. Die Leute spazierten damals genauso gern an der See entlang wie heute. Nicht weit vom Wasser standen die hohen Häuser. Wie musste es bei Sturmflut ausgesehen haben? Die Badeatmosphäre von 1797 war in einem Guckkasten abgebildet. Der Wind blies die langen Röcke zweier, nebeneinanderstehenden Frauen zur See hin so auf, dass man ihre Rundungen sehen konnte. Galt das zu damaliger Zeit schon als obszön? Die zwei Frauen hielten sich an den Händen, damit der Wind sie nicht umwarf. Die Bademode war wohl für den Betrachter damals zweitrangig. Als Goethe gerade den Wilhelm Meister hinter sich gebracht hatte, stellte er seine Frauenfiguren entweder als Püppchen, Pietistinnen oder Heilkundige dar. Jane Austens Frauen, zur gleichen Zeit beschrieben, waren das Gegenteil. Natürlich hatten auch die Frauen in Weimar Liebhaber, besonders wenn sie die Kinder hinter sich hatten. Aber auch im Zwergstaat Sachsen-Weimar mussten die Frauen sich bis zum fünfundzwanzigsten einen Ehemann geangelt zu haben. Wer kam für sie sonst auf? Jane wollte keine arme Nichte sein. Natürlich konnte man beim Baccara hohe Summen gewinnen. Sie spielte nur, wenn man sie ließ.

Wir holten den Leihwagen aus dem Parkhaus und fuhren nach Devon, einem alten Badeort in der Grafschaft Summerset. Ich fuhr immer rechts in den Kreisverkehr und beschimpfte mein Auto: So ne Dreckskarre!

Ich kann die Atmosphäre der Jane Austen hier nirgendwo finden, sagte Gunilla. Da ist auch viel Abkassieren dabei.

Das war früher genauso, sagte ich. In langen Kleidern oder Pluderhosen und einem Tee, der einem nach draußen auf eines der Regency-Tischchen gestellt wurde. Kerzen gab es nicht, denn der Wind war stark.

Jane Austen hatte sich in ihrem Manuskript über die biederen Frauen in Devon geärgert. Was meinte sie mit biederen Frauen? Frauen, die nicht den Schritt über die Hetero-Grenzen taten? Man tanzte in den großen, fast leeren Räumen, die Männer im Bratenrock oder langen Frackschößen. Die Frauen, mit unter der Brust gegürteten Regency-Kleidchen, in die Arme des Mannes gehängt. Mancher Mann hatte zwei bis drei Damen in seiner Nähe. Jane hatte an ihre Schwester Cassandra geschrieben: Und ich kann mit Genugtuung sagen, dass ich ein Auge für Ehebrecherinnen habe. Hatte ich doch von Anfang an die Richtige im Blick. Jane wurde immer wieder aufgefordert. Das Richtige schienen die jungen und alten Knaben nicht zu sein. – Auch die Trinkkur hatte man hinter sich gebracht. An der Thermalquelle konnte man keinen reichen Mann kennenlernen. Ihr Bruder Edward, der mitgekommen war, trank jeden Tag eine Menge Wasser gegen die Gicht. Jane war der Meinung, dass man die Gesellschaft in Bath nur mit einer gehörigen Portion Zynismus ertragen konnte. Vielleicht war Jane auch von Natur aus zynisch.

Ich habe solche Frauen auch kennengelernt, sagte ich zu Gunilla.

Du meinst doch nicht etwa mich? sagte sie mit komisch verzogenem Gesicht.

Nein, sagte ich.

Manchmal habe ich das Gefühl, Jane Austen begriff nichts und hielt trotzdem durch, sagte Gunilla, trotz aller Geistreichelei, scharfem Blick und Zynismus.

In der Nacht zog es mich zu ihr hin. In verbissener Verzweiflung hatte ich mit ihr geschlafen. Aber ich bemerkte, wie man sich gegenseitig belauerte. Sie versuchte das Gespräch auf das Jane-Austen-Manuskript zu lenken. Ich hatte im Augenblick keine Lust, ein Wort darüber zu verlieren. Sie war immer zu sehr bei sich, und berührt hatte sie mich in letzter Zeit wenig. Und das in dieser Seeluftatmosphäre. – War ich normal? – War der, der nach einem Jahrzehnt mordend, folternd und Menschen schindend wieder zu seinen Alltagsgeschäften zurückfand und diese meisterte, normal? – Um den Zynismus nicht auf die Spitze zu treiben, will ich hier abbrechen. – Ich habe keine Lust mehr, weiter zu funktionieren! – Subjektiv! – Und wie die anderen? – Wenn man gesunde Menschen mit dem Stigma der psychischen Erkrankung in die Psychiatrie schickte, wurde ihnen dort Krankheit attestiert. Wir können das Bewusstsein des anderen nicht durchleben. Der Kopf war voller Projektionen und Tagträume. Vielleicht musste man tatsächlich für kurze Zeit in eine andere Welt aussteigen, um das Leben zu ertragen. – Im Augenblick erging es mir so. Schlafen würde ich nicht mehr. Vielleicht waren meine Gedanken auch Selbstüberschätzung.

Goethe ließ sich die neuesten englischen Bücher nach Weimar kommen. Die Bücher wurden ein Jahr später ins Deutsche übersetzt. Jane Austen war nicht dabei.

KAPITEL 17

Jane Austen hatte in ihrer Schreibzeit immer wieder Monate in Bath zugebracht. Sie hatte sich dabei für ihre Romane allerhand ausgedacht: Mister Brudenel war ein einsichtiger Mann und hatte eine schöne Nichte, in die sich sogleich Sir Wilhelm verliebte. Aber Miss Arondel war grausam; sie zog einen gewissen Mister Stanhope vor, Sir Wilhelm erschoss Mister Stanhope; die Dame hatte nun keinen Grund mehr, ihn abzuweisen; sie nahm seinen Antrag an, und am 27. Oktober wurden sie getraut. Eine andere junge Frau in einem Romanentwurf gestand in einem Brief, dass sie ihren Vater umgebracht hatte, danach ihre Mutter und dann ihre Schwester. – War das schwarzer Humor? Ihr Bruder Edward und seine Frau hatten Jane und ihre Schwester Cassandra von Mitte Mai bis Ende Juni 1799 in ihre mondäne Wohnung am Queens Square in Bath eingeladen. Trinkkur, Brunnenhalle, abgehoben und snobistisch. Ein Jahrmarkt der Eitelkeiten, in dem das private Geplauder wichtiger war als die Französische Revolution oder Napoleon. – Sie litt darunter, dass sie zur unteren Mittelklasse gehörte und schrieb an ihre Schwester: Kent ist der einzige Fleck, um glücklich zu sein. – Dort ist jedermann reich. Armut in keiner Form war zu bemerken, außer im Gespräch – aber da war der Mangel erheblich. Den größten Londoner Verleger, Murray, nannte sie einen Gauner, aber einen höflichen.

Janes Gedanken mögen noch so großartig gewesen sein, wenn sie nicht erfolgreich waren, brauchte man sie nicht. – Was blieb Jane übrig, als zu schreiben! Sie ernährte mit ihren Romanen die Familie. Ihr Vater zwang sie immer wieder zum Weiterschreiben. Schenkte ihr sogar einen tragbaren, kleinen Mahagoni-Schreibtisch. Das Geld wurde in der Familie ernst genommen. Manchmal wartete Jane ein paar Jahre, bevor sie einen Roman zu Ende schrieb oder eine Neufassung erfand. – Wenn sie einen Mann gefunden hätte, der ihr Kinder, ein Haus, eine Familie hätte bieten können, hätte sie vielleicht doch geheiratet. Ein wenig erinnerte mich ihr Roman an eine Erzählung von Botho Strauß.

Es waren die Themen von Jane Austen in diesem Manuskript, einer Vorform von Mansfield Park. Der Text, in seiner schnell dahinfließenden zierlichen Handschrift mit den gebogenen offenen Unterlängen, die von Kraft zeugten, hatte nicht den Eintritt eines jungen Mädchens in die Gesellschaft zum Thema, sondern seinen Austritt. Ab und zu standen Zahlen am Rand, wahrscheinlich die sich steigernden Summen, die ihr Mansfield Park eingebracht hatten. Ich habe mir inzwischen zweihundertfünfzig Pfund erschrieben, schreibt sie an ihren Bruder Francis. Sie hatte ihrer Nichte Fanny geschrieben: Ich bin schrecklich geldgierig und möchte das meiste herausholen; da du aber entschieden über Geldsorgen erhaben bist, werde ich dich mit den Einzelheiten nicht belästigen. – Immer den Kopf hoch und stolz und auf ihre Genialität vertrauend. Obwohl ihre Romane manchmal auch ein bisschen einförmig waren. Vielleicht lag es daran, dass sie so oft umgeschrieben wurden, damit sie nicht mit einer Zeitgenossin verwechselt werden konnte, zum

Beispiel mit den Romanen Fanny Burneys. Jane schrieb über das, womit sie aufgewachsen war.

In dem Manuskript (ihre Schrift konnte ich inzwischen lesen, als sei sie gedruckt) ging es um eine Frau, die sich für Ehe und lebenslange Ernährung verkaufen sollte. Ohne Liebe? Kinder waren selbstverständlich. Die junge Frau fügte sich nicht. Sie wollte weder Klavierspielen noch Zeichnen lernen. In ihrem Halbvetter fand sie jemanden, dem sie vertraute. Vielleicht war Jane selbst irgendwann einmal Mutter geworden und hatte ihr Kind an einem entlegenen Ort zur Welt gebracht. Kinder gab man in der englischen Mittelschicht sowieso gleich nach der Geburt zu Pflegeeltern. Jane war es auch so ergangen. In ihrem besten Buch, Lady Susan, ist die anziehende und intrigante junge Frau auch Mutter.

KAPITEL 18

Das Vorbild für den Handschriftentext musste ein Roman ihrer Zeitgenossin Fanny Burney gewesen sein, dieser hübschen, erfolgreichen Frau, die von ganz England bewundert wurde und die ihr Cousin Edward proträtiert hatte. Das Gemälde zeigte, wie eng die Beziehung zwischen Cousin und Cousine gewesen sein muss. Fanny blickte zur Seite, als könne sie kein Wässerchen trüben, zurückhaltend, scheinbar kalt. An ihrem Kleid trug sie eine große Schleife, mit der man wohl das gesamte Gewand hatte lösen können. Der riesige vieldimensionale Hut, dreimal so hoch wie ihr Gesicht, entfaltete mit mehreren aufquellenden Blättern ein pheromonisches Gemälde, das in seiner Anmut und symbolischen Sexualität wie von heute wirkte. - Jane Austen musste Fanny Burneys Roman „Evelina" genau studiert haben. Aber manche Passagen in Fannys Roman wirkten heute juvenil, manchmal auch ein bisschen kitschig. Vielleicht hatte sie sich auch mit ihrem frühen Ruhm zu schnell zufriedengegeben. Jane Austen hatte nie im Leben kitschig sein wollen. Vielleicht hatte sie auch ein bisschen von der Schriftstellerin Ann Radcliffe. Denn die Ablösungsgeschichte der jungen Frau Fanny im Skript wirkte dunkler und bösartiger als Janes Kloster Northanger. Tatsächlich hatte Jane nicht umsonst (wie in Mansfield Park) den Namen Fanny für ihre Vorbildfigur gewählt. - Grundsätze, von denen zu Anfang des Romans so viel die

Rede war, waren bedenkenlos beiseite geworfen. Fanny hat ihre Schönheit fast verloren. Sie war von ihrem Vater immer bevorzugt worden und verstand nicht, dass ihr Leben so aus dem Gleis geraten war. – Die Protagonistin erinnerte sich an die paar Monate, die sie als Kind in einem Pensionat verbracht hatte, wo eine angemessene Menge von Fertigkeiten für einen angemessenen Preis erworben wird und wohin man Mädchen schicken kann, damit sie aus dem Weg sind und sich ein bisschen Bildung zusammenkratzen können, ohne Gefahr zu laufen, als Genie zurückzukommen. Ich fand diesen Satz so gut, dass ich ihn mir in mein Notizbuch schrieb. Für das Mädchen in dem Manuskript musste das Wasser eine zwielichtige Anziehung gehabt haben. Sie sah sich im Teich als Wasserleiche, das Gesicht geschrumpft und gedunsen und die Röcke über den Kopf gestülpt. Aber wie immer in den Romanen und Romanmanuskripten Jane Austens gab es die rettende Umkehr. Ein Verbrecher namens Fagain nahm sich ihrer an und brachte sie zum Betteln. Sie schämte sich so, dass sie mit ihrem Anteil nach London flüchtete. Ein Reiter sprach sie auf der Straße an und nahm sie in sein Haus. Natürlich musste sich in einem Roman von Jane Austen etwas daraus entwickeln. Ein Jahr blieb ihnen Zeit, um sich aneinander zu gewöhnen. Dann heiratete er sie. Sie war keine Schönheitskönigin oder eine, die auf den Bällen herumtanzte. Ihr Herz war immer noch rein. Sie hatte nicht vor, diesem Mann, er hieß Matthew, auch nur den geringsten Anlass zu Untreue zu geben.

Ab Kapitel zehn war die Hälfte des Textes gestrichen und zum Teil stark überschrieben. Man konnte trotzdem gut weiterlesen. With all the knowledge of the romantic, so hatte das zwölfte Kapitel des Manuskripts angefangen. Es fiel mir schwer, durch das Labyrinth der Streichungen hindurchzufinden. Aber ich merkte, wie sinnvoll diese Streichungen waren und dass man einen Satz nach einer halben Seite Streichungen unbeirrt und logisch weiterlesen konnte. Die Heldin Fanny wurde selbstbewusst. In den meisten Romanen hatte Jane Austen ihre Zeit kritisiert, ihre eigene Zwiespältigkeit aber sorgfältig verborgen. Freundschaft war damals ein viel beschworenes Wort. Sie sprach von jenen Hexenkünsten, die so viel bewirken können, indem sie gleichzeitig und in einem Haus die Zuneigung zweier Männer fesseln, von denen keiner die Freiheit hat, sie zu schenken – und das alles ohne den Reiz der Jugend. – Es war ein ausgesuchtes Vergnügen, einen frechen Geist zu unterwerfen, wenn man einem, der zur Abneigung voreingenommen ist, die eigene Überlegenheit zu erkennen gibt. Mit Fanny stellt sie die List einer Frau ohne Grundsätze dar. Sie war froh, dass Matthew sie zu sich genommen hatte. Blenden konnte sie ihn nicht. Sie erfand auch keine Geschichten mehr zum Schaden anderer.

Es waren nur noch ein paar Seiten bis zum Ende des Manuskripts. Was ich gelesen hatte, war echt, und es war die echte Jane Austen. – Eine Stelle im Manuskript erinnerte mich an einen Brief vom 9. Januar 1796 an ihre Schwester. Sie hatte Tom Lefroy, einen irischen Neffen kennengelernt, und es hatte sich zwischen beiden eine starke Neigung entwickelt. Jane schreibt: Ich wage gar nicht zu erzählen, wie mein irischer Freund und ich uns benommen haben. Stell dir alles Mögliche vor, was du dir an verworfenem und aufsehenerregendem Tanzen und Zusammensitzen denken kannst. Ich kann mich allerdings nur noch einmal so skandalös benehmen, denn er reist bald nach Freitag ab.

Im Manuskript war es noch ein bisschen weiter gegangen. Es war eine Szene, die heute nicht einmal die Frauenbücher drucken würden.

Ich fuhr ans Wasser und sah die Meerlandschaft um mich herum. Der kühle Morgenhauch und das übersinnliche Brausen des fernen Wassers, das einen zur Melancholie zwang. Bisweilen hielt ich inne, um alles besser aufzunehmen. Die dunklen Felsendünen im Hintergrund, die sich düster türmten wie Berge. Ich bekam ein Gefühl für die Einöde, die mich umgab. Ich freute mich an der Schönheit der Wellen. Hätte ich einen Hut gehabt, ich hätte ihn mir ins Gesicht gezogen. Ich mag solche flachen Küsten lieber als Steilküsten.

KAPITEL 19

Es kam noch etwas Neues in Janes Manuskript. Fanny hatte eine Beziehung mit einem Feriengast in Lyme Regis angefangen, die sich über zwei, drei Jahre hinzog. Lyme Regis lag an der Küste von Dorset. Fanny zeigte eine große Liebe zu dem kleinen Fischer- und Badeort, auf dessen Dünen kleine Häuschen standen und wo weit hinter den Fischerbooten große Segler ankerten. Sie war eine dieser Steintreppen zum Wasser hinuntergegangen, auf der letzten Stufe ausgerutscht, und der Mann, er hieß Sinclair, hatte sie aufgefangen. Er hatte sie gefragt, ob sie Lust habe, mit ihm in seiner Pension ein Glas Tee zu trinken. Danach waren sie gleich nach oben gegangen, und Jane hatte mitgespielt, soweit es möglich war. Sie mochten sich vom ersten Augenblick an und sprachen über Ann Radcliffes „Italiäner". Die Heldin Fanny schrieb in dem Manuskript, sie wisse nicht einmal, wie der Mann ausgesehen habe. Aber sein Körper sei wundervoll gewesen. Jane Austen mochte gutaussehende Männer, die sie in ihren Büchern ausführlich beschrieb. Die Heldin machte mit ihrem Begleiter lange Spaziergänge am Strand und versank immer wieder in dem feinkörnigen Gemenge oder im Schlick. Einmal musste er ihr heraushelfen. Ihr Begleiter Sinclair trug Stiefel und die Heldin Fanny hohe Pumps. Sie hatten auch Wachsmäntel dabei. Ab und zu kamen ihnen Kinder auf Ponys entgegen. Fanny war allein nach Lyme Regis gefahren, wohnte in einer privaten Unterkunft und wechselte Briefe nur mit ihrer Schwester.

Jetzt merkte ich, wie sehr sich Jane von ihrem Vorbild Fanny Burney hatte inspirieren lassen. Die Frau, die mit der ungewöhnlichen Form ihres Hutes ihre Beziehung vor aller Welt ausgebreitet hatte, war so berühmt geworden, dass die englische Königin Charlotte (die Frau Georgs III.) sie als Hofdame engagierte. Die Königin konnte nicht wissen, dass Fanny einige Jahre später ihre Erlebnisse am Hof in der Öffentlichkeit ausbreiten würde. Die Heldin in meinem Manuskript schlug mehrere Heiratsanträge aus – Jetzt wusste ich wirklich: mein Jane-Austin-Manuskript war echt.

Mein Vater ist weiterhin mit Herlinde zusammen, ich mit Gunilla. Das Jane-Austen-Manuskript hat uns wieder zusammengebracht.

NACHWORT

Die Arno-Schmidt-Zitate stammen aus der englischen Übersetzung von Zettels Traum durch John E. Woods, Berlin 2015, Dalkey-Archive.

ÜBER DEN AUTOR

Jens Korbus studierte Germanistik, Philosophie und ein bisschen Schwedisch. Er war Assistent am Germanistischen Institut der Universität Düsseldorf und ging dann in den Schuldienst. Für seinen Brief an Goethe bekam er einen der höchsten Literaturpreise in Rheinland-Pfalz, den Fachinger Kulturpreis. Seine Veröffentlichungen umfassen 35 Bücher, neun davon über Goethe, dessen Umfeld und Motive aus dessen Werk. Darüber hinaus hat er auch einiges über seine Heimatstadt Koblenz und über Ostpreußen geschrieben, das Land, aus dem seine Eltern stammen.

Jakob van Hoddis
und andere Erzählungen
212 Seiten
ISBN 978-3755742494
€ 12,50 (Taschenbuch)
€ 2,99 (Ebook)

Mein Goethe
396 Seiten
ISBN 978-3752832297
€ 15,90 (Taschenbuch)
€ 6,49 (Ebook)

Die Verkettung von Arnold und
Helene. Nachdenken über Schiller,
Charlotte von Kalb und Charlotte
von Lengefeld
228 Seiten
ISBN 978-3756809769
€ 13,50 (Taschenbuch)
€ 4,99 (Ebook)